ユニコーンの日（上）

機動戦士ガンダムUC《ユニコーン》①

福井晴敏

角川文庫　16098

目次

カバーデザイン／樋口真嗣
本文デザイン／中森桃子
（角川書店　装丁室）
キャラクターデザイン／安彦良和
メカニックデザイン／カトキハジメ

おお　これは現実には存在しない獣だ。
人々はそれを知らなかったのに　確かにこの獣を
――その歩くさまや　たたずまい　そのうなじを
またその静かなまなざしの光に至るまで――愛していたのだ。

なるほどこれは存在していなかった　だが
人々がこれを愛したということから生まれてきたのだ。
一頭の純粋な獣が。人々はいつも空間をあけておいた。
するとその澄明な　取って置かれた空間の中で
その獣は軽やかに頭をもたげ　もうほとんど

存在する必要もなかった。人々はそれを穀物ではなく
いつもただ存在の可能性だけで養っていた。
そしてその可能性がこの獣に力を与え

その額から角が生えたのだ。一本の角が。
そして獣はひとりの少女に白い姿で近寄り――
銀の鏡の中と　彼女の中に存在し続けた

R・M・リルケ『オルフォイスへのソネット』第二部4

プロローグ

0001

（……現在、グリニッジ標準時二十時零《れい》分を回りました。みなさん、記念すべき大晦日《ニューイヤーズ・イブ》の夜をいかがお過ごしでしょうか？　いま、ひとつの世界が終わり、新しい世界が生まれようとしています。

人類史上、もっとも有名な人物の生誕とともに始まった世界。信仰の有無に関わりなく、多くの人にキリストの世紀《Anno Domini》と呼ばれてきた世界は、あと四時間足らずで終わりを迎えます。原始の闇から二本の足で立ち上がって以来、大海を渡り、空を飛ぶことを覚え、宇宙の高みに昇る技術を手に入れてきた人類は、いまや母なる地球の外に自らの世界を築く時代に足を踏み入れました。フロンティアの時代、新世界の扉がすべての人類の前に開かれたのです！

かつて、我々の祖先が新天地を求め、大陸に渡り、文明の灯《ひ》を地上にあまねく押し拡げたように、この広大な宇宙に文明の灯をともす役割が我々に与えられたのです。これから宇宙に上がる人々は、もはや専門職を身につけた飛行士や技術者に限りません。宇宙に住み、宇宙に根づき、宇宙の常闇《とこやみ》に文明の灯をともす開拓者たち。スペースノイドと呼ぶべき、選ばれた宇宙市民たちなのです。

　新しい世界には、新しい暦《こよみ》が必要です。四時間後、グリニッジ標準時午前零時零分より、地球連邦政府主催の改暦《かいれき》セレモニーが始まります。人類史に永遠に刻まれるであろうセレモニーの舞台は、首相官邸〈ラプラス〉。地球と宇宙のかけ橋となるべく、地球軌道上に設けられた「空飛ぶ」官邸です。宇宙時代の幕開けを告げるのに、これ以上の適地はないでしょう。

　報道陣が見守る中、連邦構成国の代表たちも〈ラプラス〉に参集し、いまや全世界が午前零時の時報を待っております。ニューイヤーズ・イブであると同時に、ニューワールド・イブでもある今宵《こよい》、思いは人の数だけあることでしょう。新たな時代への期待と不安、二千年以上の時を紡《つむ》いだ旧世紀への惜別《せきべつ》……。しかし、私たちは今夜、ひとりの例外もなく歴史の目撃者となるのです。長い人類の歴史において、いまこの瞬間を生きる私たちだけが、新しい世界の幕開けを目《ま》の当たりにできるのです。この幸運を分かち合い、去りゆく旧世界を感謝とともに送り出そうではありませんか。そして、訪れる新しい世界を笑顔で迎え入れましょう。

　グッバイ、西暦《AD》。ハロー、宇宙世紀《UC》――！）

地球は、足もとにあった。

赤茶けた陸地と、雲を散らした青空のように見える海。高度二百キロメートルから見下ろすそれは、惑星というより地表だった。大気の外にいるという実感はなく、高空を飛ぶ飛行機から地表を見下ろしている程度の感覚しかない。じっと見ていると、このまま地上に降りられるのではないかと思えてしまう。

それでも、眼下の地表は刻々と表情を変え、自分が大気中では考えられない速さ——九十分で地球を一周する——で移動していることを教えてくれる。少し前方に視界を移せば、緩やかな弧に薄い大気のベールをまとった惑星の輪郭《りんかく》を確かめることもできる。その向こうに広がるのは、強すぎる地球光に星の輝きを拭《ふ》き取られた虚空の常闇。漆黒《しっこく》というだけではまだ足りない、いっさいの光を吸い尽くして広がる無辺《むへん》の闇だ。

おれは宇宙にいるらしい。ふと実感し、サイアムは背中に嫌な汗が滲《にじ》むのを感じた。作業艇の小さな窓から飽きるほど見た眺めだが、こうして宇宙服ひとつで船外活動に出、ヘルメットのバイザーごしに見た印象はまるで異なる。視界を遮《さえぎ》るものがなにもないからか、地球の外に浮いている我が身が否応なく実感されるのだ。

大気と重力から切り離され、地球の外を回り続ける浮遊感……それは恐ろしい感覚だった。血が、骨が、細胞が、未知の異常を訴えて発熱しているのがわかる。そうして結露《けつろ》した汗が冷たい悪寒になり、無重力にさらされた喉元《のどもと》に畏怖《いふ》の塊がこみ上げてくる。

サイアムは、前方に広がる虚空を見据えた。すべての星がかき消された闇の中、ただひとつ鋭く輝く光の塊が見えた。いまにも爆発しそうな白熱光を放つ太陽――いや、それは実際に爆発し続ける炉心で、その輻射熱《ふくしゃねつ》は真空では摂氏百二十度に達し、いまも宇宙服の表面を炙《あぶ》っている。大気の底から見上げるのと違い、純粋なエネルギー体として白色に輝く太陽は、やはり畏怖しかもたらさないなにかだった。バイザーのフィルターが光量を調節してくれていても、その突き刺さるような光の暴威《ぼうい》が和らぐことはない。

こんなところにいたら気が狂う。ここは人間の来る場所ではない、とサイアムは思った。はるかな昔、いまから思えば無謀としか言いようのない性急さで大気圏外に飛び出した宇宙飛行士たちは、いずれも地球の青さに感銘を受け、価値観が覆る経験をしたそうだが、そいつらは選び抜かれたエリートたちだ。最高の教育を受け、人類の前衛《ぜんえい》たる誇りを抱くエリートたちだったのだ。ろくに読み書きもできない自分とは違う。自分のような人間が宇宙に上がっても、得るものはなにもない。どだい、大陸の名前も位置関係も知らず、故郷の在《あ》り処《か》さえ判然としない十七歳の若僧の目に、足もとの地球はただそこにあるバカでかい塊と映るだけだ。

フロンティア？　冗談じゃない。ここはゴミ捨て場だ。際限なく増え、いまや地球を押し潰《つぶ》さんばかりになった人間を廃棄する、無辺のゴミ捨て場――。

（人類の新たな生活の場となるスペースコロニーとは、どのような世界なのでしょう？

間もなく始まる宇宙世紀を前に、あらためて検証してみたいと思います。今日はゲストに宇宙工学の第一人者、アレクセイ・グランスキー博士を迎え……）

空々しいアナウンサーの声が続いていた。それは自分の呼吸音と一緒くたになり、密閉された宇宙服の中で行き場なく滞留するようだった。サイアムは、靴底に触れている構造材を軽く蹴《け》った。

作業艇と繋《つな》がっている命綱の張力を確かめつつ、それまで足をつけていた構造材の裏側に移動する。体が百八十度ひっくり返った格好だが、天地のない宇宙空間で気にすることではない。サイアムは、トラス状の構造材を分厚い手袋に覆われた手でつかみ、正面を見た。一面の鏡の原が、そこにあった。約三メートル四方の凹面鏡《おうめんきょう》が一面に敷き詰められた、まばゆい鏡の原。

千枚にものぼる凹面鏡の群れは、全体で直径五百メートル弱の平べったい円盤を形成し、もう何年も地球の低軌道を周回し続けている。円心部に直径百メートルほどの穴が開き、そこだけぽっかりと虚空の闇が覗《のぞ》いているさまは、遠目には大昔に使われていた光記録ディスクそっくりに見えた。靴底のマグネットを使い、巨大な円盤の縁《ふち》に足を接地させたサイアムは、頭上に視線を転じた。この鏡の原とほぼ同じ直径を持つドーナツ型の構造物が視界に入り、ドーナツの穴の向こうに、鏡の原とまったく同型の円盤が一枚、地球を背景に浮かんでいる様子が確認できた。

表面の凹面鏡で太陽光を反射し、ぎらぎら光るとてつもなく巨大なディスクが二枚と、それらから三百メートルほどの距離をあけ、中央に挟み込まれているドーナツがひとつ。〈ラプラス〉と名づけられた低軌道宇宙ステーションの、それが全体像だった。上下二枚のミラー・ブロックは常に太陽の光を反射し、正確にはスタンフォード・トーラス型と呼ばれるドーナツ型の居住ブロックに光とエネルギーを供給する。居住ブロックは七十五秒周期で回転し続け、円環の内壁《ないへき》に遠心力による重力を生じさせる。地球の六分の一弱、月と同程度の重力しか発生させられないが、無重力の不便に比すれば上等ということらしい。直径五百メートルの円環に地球並みの重力を発生させようとすれば、回転周期は三十秒を切らねばならず、中にいる人間はめまいを起こす羽目になるのだそうだ。

そんな場所を首相官邸にする政府のお偉方は、よほどの物好きかただのバカ。その片隅でこそこそ這《は》い回り、宇宙酔いを起こしかけているおれはもっとバカだ。こわ張った頬《ほお》を無理に動かし、サイアムは苦笑を浮かべてみた。（おい、〝羊飼い〟。勝手に持ち場を離れるな）と仲間の声が無線ごしに弾《はじ》ける。

「おれの分は済んだ」

（だったら船に戻ってろ。ライフサインが乱れてるぞ）

仲間のうちでは年嵩《としかさ》で、〝親方〟に次ぐリーダー格と目されている男が続ける。サイアムは無視してその場に留まり、頭上で回転する居住ブロックに目を凝らした。真空では空気による遠近差が生じないため、物の形がくっきりと見える。外縁部と内縁部に分かれた二重の円環構造物も、中央の回転軸からのびるスポーク・エレベーターも、その構造材の継ぎ目から質感まで、精緻《せいち》なミニチュアを目前にしているかのような明瞭《めいりょう》さだった。

サイアムは、採光用に内側がガラス張りになっている外縁部の円環を注視した。グリニッジ標準時に合わせ、夜の時間を迎えている居住ブロックに、ミラーの光が差し込むことはない。代わりに屋内の照明の光がガラス面から漏れ、円環の中にいる人々の息吹きを見る者に伝えていた。

いま、そこでは四時間後に迫った改暦セレモニーの最終準備が進められている。二十三時四十五分から始まる首相のスピーチ、式に参列する連邦構成国代表たちへの対応、零時の時報とともに開催されるセレモニーのスケジュール確認……。人類史に刻まれるイベントを前に、官邸要員たちはさぞかし多忙な時間を過ごしているだろう。サイアムたちにしても、その準備のためにここに呼ばれた身だった。セレモニーの演出用に、ミラー・ブロックの制御プログラムを部分的に変更するのがその仕事の中身だ。

とはいえ、集中制御室からの一括インストールで終わりというような、スマートな仕事ではない。ミラーの裏側に何百とある個別制御盤に直接アクセスし、角度調節変更用のプログラムを流し込む肉体労働だった。全体で一枚の鏡を構成するミラー・ブロックは、任意の鏡の角度だけ変更する想定はされていなかったからだそうだが、本当にそうなのかはわからない。わかる必要もない、とサイアムは思っていた。自分たちは手足に過ぎず、頭の役割を果たす何者かは別にいる。サイアムたちに大手電機メーカーの社員証を渡し、この〈ラプラス〉に送り込んだ何者か。仕事を終えたら報酬をくれる何者か。事のすべてを企て、今頃はなに食わぬ顔で〝その時〟を待っている、おそらく生涯顔を合わせることもない何者か。

ライフサインが乱れている？　当たり前だ。こんな時に平静でいられる人間などいない。自分たちの行為が、目前の円環の中にいる数百人の運命を決定的に変えてしまうのだから……。

（スペースコロニーの概念そのものは、二十世紀の中頃にはすでに存在していました。物理学者のG・K・オニール博士が提唱したものですが、彼のアイデアが画期的だったのは、人間に適した住環境を宇宙空間に建設しようとしたことです。それまで、宇宙植民地と言えば、金星や火星を地球環境に改造するといったアイデアがせいぜいで、SFの世界でしか実現できないものでしたから。その点、「島」と呼ばれるオニールのスペースコロニーは、当時の技術でも実現が見込めるプランだったのです。建設資材を月や小惑星帯《アステロイド・ベルト》から調達するという点も含めて、今日の宇宙移民計画の基礎はオニールによって完成されたと言っても間違いではありません）

どこかの学者が喋《しゃべ》っていた。サイアムは命綱を手繰《たぐ》り、ミラー・ブロックの裏面に体を流した。

（構造は極めて単純です。球型、もしくは円筒の構造物を一定間隔で回転させ、その内壁部に1G、つまり地球のそれと変わらない重力を発生させる。水の入ったバケツを勢いよく振り回すと、中の水は遠心力によってこぼれませんよね？　あれと同じ原理です。初期の球型タイプは「島1号」と呼ばれ、1Gを発生させるぎりぎりの大きさしかありませんでしたが、最新型の「島3号」は全長三十二キロメートル、直径六・四キロメートルという巨大な代物です。この巨大な円筒の内壁に森や川、街など、地球そっくりの住環境が構築され、宇宙移民者はそこで暮らすことになるのです）

　多くの鏡の裏がそうであるように、ミラー・ブロックの裏側も無愛想な板面だ。表面の凹面鏡に沿って無数の支持材が錯綜《さくそう》し、その交点に制御盤が設置されている。サイアムが裏側に戻った時、その制御盤のいくつかには仲間が取りつき、手持ちの端末から変更プログラムをインストールしているところだった。

　鏡の原とは打って変わった闇の中、そこここに突き出した注意灯が赤く点滅し、五人ほど残った仲間たちの宇宙服を陰鬱《いんうつ》に浮かび上がらせている。彼らの頭上には、個々の宇宙服からのびる命綱を束ね、黙然と静止する作業艇が一隻。全長二十メートル、直径三メートルほどの細長いドラム缶型の船体に、スラスターノズルと太陽電池パネルを取りつけた作業艇の背後には、緑と白の航宙灯が無数に遊弋《ゆうよく》するさまも見て取れた。

連邦宇宙軍の警備艇、サラミス級だ。全長七十メートルの無骨な船体は、トラス構造の骨組み前方に操艇指揮所が張り出し、船尾には四基のロケット・エンジンを束ねていて、船体下部に全長に匹敵する大きさの太陽電池パネルを備えている。魚の骨を想起させる姿は、警備艇というには頼りなく見えたが、指揮所の下に装備された高出力レーザー砲を始め、宇宙空間では無類の戦闘力を誇るのだということは、サイアムも事前にレクチャーを受けて知っていた。

サラミス級の装備バリエーションはいくつかあり、船体中央のモジュールに戦闘機を係留するジョイント・アームを備えたもの、船体と同じ長さのレールガンを搭載したものとさまざまだが、共通装備としては遠隔操作のレーザー衛星がある。これはバッテリーと太陽電池パネル、レーザー発振器からなる小型の無人砲台で、一隻につき二十四基を搭載。必要とあらばこれらを艇の周囲に展開し、鉄壁のエリア防御力を誇る。特別警備配備中の現在、すべてのサラミス級はレーザー衛星を展開しており、〈ラプラス〉に近づく不審機はもちろん、軌道上を漂う宇宙塵《スペースデブリ》に至るまで、レーダーに捉《とら》え次第即座に撃墜する態勢が整えられているはずだった。

事前に聞いた情報では、展開中のサラミス級の数は三十六隻。レーザー衛星は八百六十四基というすさまじさだが、三次元空間全域をカバーせねばならない宇宙での警備事情を思えば、妥当な数字なのだろう。首相を始め、連邦構成国の代表たちが一堂に会した〈ラプラス〉は、いまや地球圏でもっとも重要な警備対象であり、発足間もない連邦宇宙軍はその警備に威信を賭《か》けている。実際、どんなに狡猾《こうかつ》なテロリストでも、外部からの攻撃は不可能だとサイアムは認めていた。

そう、外部からは――。

〈無論、スペースコロニーには昼夜もあります。「島3号」タイプのコロニーには全長に匹敵する大きさのミラーが設置されていて、これが太陽光を取り入れます。この図のように、円筒の内壁部は縦に六区画に分かれており、そのうちの三区画が「河」と呼ばれる採光用の窓になっていますが、ここから差し込む光がそれぞれ三つの居住区画を照らすのです。この「河」は分厚いガラスによって構成されており、人体に有害な紫外線や宇宙放射線を遮断する働きもあります。現在、「島3号」タイプのコロニーは三基が完成しており、すでに技術者や開拓者が家族ごと移り住んでいますが、コロニー環境に起因する重大な疾病が発生したという報告は聞きません。採光レベルを調節することで四季も再現できますし、人工雲の張り方ひとつで雨も作り出せる。完全に管理されているという意味では、むしろ地球より過ごしやすい住環境だと言えます〉

〈だったらてめえが住みやがれ〉

学者の弁に続いて、仲間の声が無線に割り込んできた。オープン回線で仲間同士の通信を確保しながら、改暦前夜祭の特別番組に聞き入っているのは誰もが同じだ。〈住むだろうよ。地球の家は残して、別荘代わりにな）と別の誰かが相手をする。

（確かに宇宙は広大ですが、地球や月との相対距離を一定に保とうとすれば、どこに建設してもよいというものではありません。スペースコロニーは、ラグランジュ・ポイントと呼ばれる重力安定点に建設されています。これは地球と月の引力干渉によって生じるもので、月の軌道上に五ヵ所あり、それぞれL1からL5と名づけられています。先ほどお話しした三基の「島3号」型コロニーは、このうちもっとも安定しているL5に置かれ、サイド1と呼ばれる集落を形成しています。現在は一千万人が居住していますが、来年からスタートする本格的な移民によって、人口はすぐに膨れ上がるでしょう。同型のコロニーは続々と建設中で、最終的には七、八十基のコロニー群がひとつのサイドを形成し、連邦を構成する自治体として機能するよう見込まれています）

（一基のコロニーに一千万人程度収容できるとして、ひとつのサイドの人口が七、八億人になります。宇宙移民計画では、最終的にいくつのサイドの建設が見込まれているのでしょう？）

（現在の計画では、サイド6までの建設が予定されていますが、それだけでも完成までに五十年かかると言われています。全コロニーの想定収容人数は約五十億。いま現在の総人口九十億に、今後五十年間の人口増加率を掛けると、総人口の約半数が宇宙移民者になる計算になります）

誰かが口笛を鳴らし、(おい、二人にひとりだってよ)という声があとに続いた。(おめえはハズレの方だ)と別の誰かが言う。

(ようするに、地球は定員オーバーなのよ。間引《まび》きする度胸がねえなら、余った人間は宇宙に棄《す》てるしかねえ。おれらみたいに、ハズレの人生ひいちまった人間をな)

さらに続いた声は、(無駄口を叩《たた》くな)と発したリーダー格の声に遮られ、段取り通りの会話を続けるアナウンサーと学者の声があとに残された。威圧するように頭上を横切ったサラミス級を見上げながら、ハズレか、とサイアムは独りごちた。

「地球《セイブ・ジ・アース》を守り、人類《セイブ・ザ・レイス》を守る」というかけ声のもと、五十年計画でスタートした人類宇宙移民計画。実は大がかりな棄民《きみん》政策であるとする話の真偽はともかく、いわゆる分離主義者、反連邦政府組織がネットやアングラ出版物で主張する中身は常にそれだったし、もし人口の半分が強制移民をさせられる時代が来たら、サイアムたちのような〝ハズレ〟の人間が真っ先に宇宙に放り出されるだろうことも事実だった。実際、宇宙への進出を望む企業は多いが、実情は税金の優遇措置に魅《ひ》かれてのことでしかなく、初期の宇宙移民者の大半は地球であぶれた者たち――低所得者層であるとの統計も、アングラ出版物では紹介されていた。

だが、そんなことは問題ではない。〝組織〟のお偉方は連邦政府からの分離を叫び、民族精神の発揚《はっよう》とナショナリズムの復権を謳《うた》って恥じないが、サイアムたちには馬の耳に念仏だった。連邦政府がまっとうな仕事と生活を保障してくれるなら、間違いなくそちら側につく。ボンベの化け物のような「島3号」型コロニーに移住したっていい。問題は、自分たちには最初から選択肢がなかったことだ。連邦の政策で国が分割され、仕事も住む場所も失った自分たちには、〝組織〟に加わる道しかなかったことが問題なのだ。

サイアムは、中近東に位置する貧しい小国で生まれた。物心がついた時、地球連邦政府はすでに発足しており、月にはフォン・ブラウンと呼ばれる資源採掘基地も完成していたが、高原地帯で昔ながらの放牧業を営むサイアムの家には無縁の話だった。月面の採掘資源を軌道上に打ち上げるマス・ドライバーが竣工《しゅんこう》したというニュースも、遠く小惑星帯《アステロイド・ベルト》に資源調査船団が出発したというニュースも、サイアムにとっては別世界の話でしかなく、特別課税が苦しい、政府は他にやることがあるはずだ、とボヤく大人たちの会話を横聞きしては、そういうものかと思うのがせいぜいだった。

そうした不平不満に対し、連邦政府は『地球はそれほどに疲れている』と言い続けてきた。「緑の革命」と呼ばれる農業生産性の向上に伴い、地球の人口キャパシティが増加したのはいいが、増えた人間が引き起こす環境破壊、熱汚染は別の問題として残る。挙句、限定核戦争のような事態まで起これば、地球が早晩限界に達することは明白であり、地球連邦政府はその非常事態救済機関として設立されたのだ、と。そして、唯一無二の解決策という触れ込みで人類宇宙移民計画がスタートしたのだが、その一方、反対勢力を圧倒的な軍事力で押さえ込み、疲弊《ひへい》した地球に紛争の種を撒《ま》いてきたのも連邦政府だった。

　かつての大国を分割し、構成国の軍事的・経済的格差をなくす大鉈《おおなた》が振われたとはいえ、音頭を取ったのが旧大国の政財界筋となれば、連邦からの分離を訴える国家は少なくなかった。サイアムの祖国もそのひとつで、石油の枯渇で落ち目になった中東の国々と徒党《ととう》を組んだのだったが、結果は無残な敗北に終わった。国土は反乱抑止の名目で二つに分割され、法律は書き換えられた。先祖伝来のしきたりは破壊され、滑らかな英語を話す者たちが多数入植してきて、学校の授業も内容が一変した。

　そんな中、サイアムの父はゲリラ活動に加わり、ほどなく投獄された。寡黙《かもく》で、実直だけが取り柄の男のどこに愛国の熱情が潜んでいたのか、サイアムには想像もつかなかったが、父はその疑問に答えることなく、投獄先で死亡した。母や幼い妹とともに残されたサイアムは、学校を辞め、放牧業を継いで家計を支えねばならなかった。〝羊飼い〟という仇名《あだな》は、その頃の経験からきている。

　しかし、それも長くは続かなかった。最終段階に入った宇宙移民計画の工程表に従い、連邦政府は大量の移民打ち上げ設備を欲しており、サイアムたちが住む高原にも打ち上げ基地が建設されることになったのだった。すべては地主と移民準備局の間で進められ、サイアム一家はわずかな補償金とともに土地を追われた。空気の悪い都会のアパートに母と妹を住まわせ、打ち上げ基地の建設現場で働くのがサイアムの新しい生活になった。そして三年後、六つ目の打ち上げ基地が竣工した時、次の仕事はないと人事担当に宣告された。父が分離主義者であったことが移民準備局にばれ、雇用を解消するよう言われたというのがその理由だった。

いまさら、の話ではあった。あとで聞いたところによると、連邦政府の失業対策で大量のよそ者が国内に流れ込み、分離主義運動の関係者は根こそぎ追放されているのだという。反乱分子の根絶やしと見せしめを兼ねた、実に効果的な政策と言えたが、サイアムは無駄に怒って腹を減らすことはしなかった。それより金が必要だった。都会暮らしが肌に合わず、病気がちな母を医者に通わせる金。育ち盛りの妹に継ぎのない服を買ってやる金。明日のパン、今晩のスープを賄《まかな》う金が、なんとしても必要だった。

職業安定所に通いながら、日雇い仕事の斡旋《あっせん》場所に出入りする日々が始まった。そういう場所には暴力団筋の手配師に紛れ、怪しげな地下組織のリクルーターも入り込んでいるもので、サイアムは早々に彼らのアンテナに引っかかった。父の仇《かたき》を討つなどという一文にもならない理念はなく、彼らが煽《あお》り立てる義憤とやらにも興味が持てないサイアムだったが、提示された報酬には魅力を覚えずにいられなかった。迷ったのは三日ばかりに過ぎず、サイアムはイスラム教信者を装うリクルーターの誘いを受けた。そして簡単な宣誓式のあと、古いモスクで仕事に必要な訓練を受け、その場で引き合わされた名も知らぬ仲間たちとともに宇宙に上がった。

そう、仕事だ……とサイアムは口中に呟《つぶや》いてみる。水冷式の下着の気持ち悪さも、アルミニウムやグラスファイバーを何層も重ねた宇宙服の閉塞感《へいそくかん》も、仕事だから耐えられる。そこに思想はない。主義もない。頭でっかちのカルトが、名誉と引き替えに自爆テロをやろうというのとも違う。生きて仕事を成功させ、約束の報酬をもらうことがすべてだ。母と妹に人並みの生活をさせるのに、他の選択肢はなかったというだけのことだ。

そうでなければ、誰が好きこのんでこんなところに来るものか。まともな仕事さえあれば。金さえあれば。〝ハズレ〟の人生を引き当てさえしなければ――。

(しかし、考えてみてください。それでも地球に残る人口は五十億あまり。これは、人口爆発が懸念され始めた二十世紀末の総人口と同じ数です。地球の自然環境を回復させるには、まだ多すぎる。理想的には、地球の居住人口は二十億以下であるべきなのです。

ひとつのラグランジュ・ポイントに二つのサイドが建設できたとして、サイドの上限数は十。百億の人間を宇宙に住まわせることも可能でしょう。ですが、すべての建設を終えるまでにあと百年かかるとしたら、その時の総人口は何人になっているのか。正確なところは誰もわかりませんし、その頃には地球環境が回復していると考えるのも楽観的です。百年後の人類の叡知《えいち》に期待するしかないというのが、偽らざる現状なのです。

宇宙移民計画に反対されている方々は、この現実をよく理解していただきたい。我々人類は、地球連邦政府という統一政権を樹立することで、この途方もないプランを実行に移すことができた。自滅の一歩手前で踏み留まり、百年後の未来を見据える目を持ち得たのです。宇宙移民計画は、連邦政府の棄民政策であるとする一部の論調は……）

学者の声はそこで不自然に途切れ、場違いなアイキャッチの音楽が沈黙の間を埋めた。

（えー、お話の途中ではありますが、ここで改暦カウントダウンにわく各地の中継映像が入ってきました。まずは戦災から復興したかつてのニューヨーク、現ニューヤークからの映像です）と続いたアナウンサーの声を聞きながら、サイアムは命綱を手繰って作業艇に近づいていった。

棄民政策という一語が、放送コードに引っかかったのだろう。連邦政府が民主主義を標《ひょう》榜《ぼう》する傍ら、政府直轄の情報機関がマスコミにチェックの目を光らせ、事実上の報道管制をするようになって久しい。（バカな奴）と呟いた仲間の声は、ニューヤーク市民のインタビュー音声に重なって聞こえた。

（なんで切るんだ？　連邦万歳って話なのに）

（本音を言い過ぎたんだろ。御用学者がさ）

（百年先の未来より、てめえの明日を心配しやがれ）

下卑《げび》た笑い声が無線のスピーカーを震わせたが、長くは続かなかった。サイアムは無言のまま、虚空に浮かぶ作業艇のエアロックを目前にした。

宇宙では重さを気にする必要はないが、かと言って質量がなくなるわけではない。自分の体重に加え、背中に生命維持装置を抱えた宇宙服の重みを両腕で受け止めながら、サイアムはエアロックに取りついた。レバーに手をかけつつ、ミラー・ブロックの円盤ごしに蒼《あお》く輝く地球を視野に入れる。

昼と夜の境目を浮き立たせる大気層に、赤とも緑ともつかない光の筋がたゆたっていた。オーロラだ。〈ラプラス〉は南極上空あたりに差しかかっているらしい。幽玄な光の帯を見下ろし、なにかしら胸がざわめくのを感じたサイアムは、すぐに目を逸《そ》らしてエアロックのレバーに力をかけた。

なにも感じる必要はない。仕事を終えて帰るだけのことだ。微《かす》かに早まった呼吸の音を耳にしながら、母と妹はどうしているだろうとぼんやり考えた。

(地球と宇宙に住むすべてのみなさん、こんにちは。わたしは地球連邦政府首相、リカルド・マーセナスです)

グリニッジ標準時、二十三時四十五分。定刻通り、首相のスピーチは始まった。すでに加速を終え、〈ラプラス〉の周回軌道から離脱しつつある作業艇のキャビンで、サイアムは仲間たちとともに中継映像を映す小さなモニターに見入っていた。

(間もなく西暦が終わり、我々は宇宙世紀という未知の世界に踏み出そうとしています。この記念すべき瞬間に、地球連邦政府初代首相として「みなさん《オール・ピープル》」に語りかけることができる幸福に、まずは感謝を捧《ささ》げたいと思います。

わたしが子供の頃、首相や大統領が語りかけるのは自国の国民と決まっていました。国家とは国民と領土の統治機構であり、究極的には自国の安全保障のためにのみ存在するものでした。いま、人類の宿願であった統一政権を現実のものとした我々は、旧来の定義における国家の過ちを指摘することができます。人間がひとりでは生きていけないように、国家もそれ単独では機能し得ないことを知っています。ことに地球の危機という課題に対して、旧来の国家はなんら有効な解決策を示せませんでした。二十世紀末葉から指摘され始めた人口問題、資源の枯渇、環境破壊による熱汚染……。いまや後戻りの許されないこれらの問題を解決するには、我々ひとりひとりの意識改革が不可欠だったのです）

狭苦しいキャビンの中、壁に埋め込まれたモニターに見入る仲間たちの数は十四人。操《そう》舵《だ》室にいる二人を除けば、この仕事に関わる全員が顔をそろえたことになる。どれも宇宙には似つかわしくない面構えだ、とサイアムは思った。

褐色の肌に、長年の肉体労働の刻《こっ》苦《く》を皺《しわ》にして忍ばせる〝親方〟。リーダー格の男は鼻毛を抜き、無重量のために顔にまとわりつくそれを吹き散らしたりしている。宇宙開発初期のエリート飛行士がこの場にいたら、情けなくて涙が出る光景に違いないが、こんな連中でも宇宙に上がれるのが宇宙世紀ということなのだろう。

（一国家、一民族に帰属する〝我〟ではなく、人類という種に帰属する〝我〟。この観点に立たない限り、我々は今日という日を迎えられなかったでしょう。前身機関の設立から五十年あまり、人類宇宙移民計画とともに歩んできた地球連邦政府の歴史は、決して平坦《へいたん》なものではありませんでした。国家、民族、宗教……これらの壁を取り払い、人類が本当にひとつになるためには、まだまだ多くの試練を乗り越えなければならないことも事実です。

しかしいま、我々はスペースコロニーという新しい生活の場を手に入れました。間もなく始まる宇宙世紀とともに移民も本格化し、多くの人が宇宙で暮らすことを当たり前とする時代が来るでしょう。これは人の重さに押し潰《つぶ》されそうな地球を救うべく、人類が一丸となったことの輝かしい成果です〉

〈ラプラス〉の居住ブロックの一画、円環を形成する巨大なチューブ内にしつらえられた演壇に立ち、マーセナス首相はテレビ慣れした穏やかな顔をカメラに向けている。演壇の前方に居並ぶのは、連邦構成国の代表たち。時おり挿入される彼らの粛然とした顔をモニターに眺めながら、サイアムは自分たちの仕事がもたらす経過を頭の中に思い描いた。

サイアムたちがインストールしたプログラムに従い、〈ラプラス〉のミラー・ブロックを構成する凹面鏡は通常とは異なる動きを示す。それは午前零時の時報とともに作動し、地球の夜の面に太陽光を反射して、〝Ｇｏｏｄｂｙｅ，ＡＤ　Ｈｅｌｌｏ，ＵＣ！〟の文字を大気層に描き出すはずだが――。

（西暦と呼ばれた時間が、人類が人類たるアイデンティティを確立した揺籃期《ようらんき》とするなら、宇宙世紀はその次を目指す時間となることでしょう。我々は産児制限によって人の数を減らすのではなく、人口に見合った空間を外に開拓する道を選びました。小さくなった揺《ゆ》り籠《かご》から這《は》い出した赤子は、成長をしなければなりません。我々は宇宙移民計画を実現する過程で、共通の目的のためならひとつに結束できると世界に証明しました。では、その次は？

宇宙世紀《UC》。ユニバーサル・センチュリー。字義通りに訳せば「普遍的《ふへんてき》世紀」ということになります。宇宙時代の世紀であるなら、ユニバース・センチュリーとするべきでしたが、我々は敢《あ》えて用法違いと思われる「普遍的《ユニバーサル》」を選び、新しい世紀の名前としました）

実際には、午前零時を待たずにプログラムは作動している。千枚を超える凹面鏡のうち、臨時プログラムをインストールされたものは微妙に角度を変え、〈ラプラス〉の居住ブロックの一部に集光した太陽光を照射し始める。

（わたしはかつてのアメリカ合衆国で生まれ、ドイツで幼年期を過ごし、フランスで少年時代を過ごしました。学生時代はアジアで暮らし、妻はアラブとヨーロッパのハーフです。わたしの両親も似たようなもので、祖先を振り返ると、実に三十以上の国の血が混じり合い、いまのわたしが形作られていることがわかります。あらゆる色の肌、あらゆる民族の血がわたしの中で息づいているのです。その「普遍的」な出自から、地球連邦政府初代首相の栄誉を授かることにもなったのですが、このような背景を持つ方は他にも大勢おられるでしょう。二十一世紀から本格的に始まった通信技術の発達、相互依存経済による世界の並列化が、血と肌の混合を推し進めたのです。連邦政府の樹立による国境の無力化と、世界標準語の制定によって、この傾向は今後ますます加速することと思います。それはもう、なんら特殊なことではありません。

宇宙で人が暮らすということ。そのために、全人類が一丸となって移民計画を推進してきたことも、また然《しか》りです。この奇跡を、特殊な事例にしてはならない。人類はひとつになれるという事実を普遍化し、互いを拒絶することなく、憎しみ争うことなく、一個の種として広大な宇宙と向き合ってゆく。ユニバーサル・センチュリーという言葉には、そんな我々の祈りが込められています)

赤道面に対して、直角に交わる極軌道を周回しているため、〈ラプラス〉は地球の陰に入ることなく、常に太陽光を浴びる位置関係にある。角度変更した一部の凹面鏡は、間断《かんだん》なく太陽光を反射し、集束した光線を指定箇所に照射し続ける。

（わたしはどのような宗教にも属していませんが、無神論者ではありません。高みを目指すため、自らの戒《いまし》めとするため、己の中により高次な存在を設定するのは、人の健康な精神活動の表れと信じています。西暦の時代、それは神の言葉としてさまざまに語られてきました。人はどのように生きるべきか。いかにして世界と向き合うべきか。モーセが授かった十戒《じっかい》の例を持ち出すまでもなく、それらに対する教えはあらゆる宗教に伝えられています。人間の言葉ではなく、人と神の契約の説話として。
いま、神の世紀に別離《わかれ》を告げる我々は、契約更新の時を迎えようとしています。今度は超越者としての神ではなく、我々の内に存在する神――より高みに近づこうとする心との対話によって。宇宙世紀の契約の箱は、人類がその総意から生み出したものであるべきでしょう）
真空であるため、複数の凹面鏡による焦点熱束は理論値の絶対温度五千五百度に達し、熱線といっていい複数の光線が〈ラプラス〉の居住ブロックの一画――環境制御システムと繋《つな》がる水の循環路を灼《や》く。無論、不可視の光線だ。白熱する照射ポイントを注視していない限り、周辺に展開するサラミス級も異変には気づかない。
（この首相官邸の名前、〈ラプラス〉の語源についてはご存じの方も多いでしょう。十八世紀のフランスに生まれた物理学者の名前です。ラプラスは、過去に起こったすべての事象を細大もらさず――原子一個の動きに至るまで――分析することで、未来は完全に予測できると考えました。この考えは、のちに量子力学の発達によって否定され、いまでは未来を完全に予測する術《すべ》はないことが証明されています。我々は、その経緯を逆説として受け取り、この首相官邸に〈ラプラス〉の名を冠しました。「未来にはあらゆる可能性がある」という意味を込めてのことです。

ご承知の通り、地球軌道上のステーションに首相官邸を置くことについては、さまざまな議論がありました。交通の利便性や警備上の観点からすると、確かに望ましい選択とは言えません。しかし、我々は宇宙世紀に踏み出そうとしているのです。この宇宙こそが人類の新たな生活の場となるのです。その途上に立つ者として、地球と宇宙の狭間《はざま》に身を置かねばわからぬこともあると思い、わたしは首相権限でこれを押し通しました。西暦の最後の日、改暦セレモニーとともに宇宙世紀憲章を発表するのであれば、その舞台はここを置いて他にないとも考えました)

太陽光にさらされる部分は摂氏百二十度の高熱に、陰になる部分はマイナス百二十度の酷寒にさらされる〈ラプラス〉は、居住ブロックの円環を一周する水の循環路を環境制御に用い、気温調節を行っている。虫メガネでそうするように、集束された熱線が上下のミラー・ブロックから降り注ぎ、その循環路のパイプをじりじりと灼き続ける。

(今日、ここには地球連邦政府を構成する百ヵ国あまりの代表が集《つど》い、吟味《ぎんみ》に吟味を重ねた宇宙世紀憲章にサインをしました。間もなく発表されるそれは、のちにラプラス憲章と呼ばれ、人と世界の新たな契約の箱として機能することになるでしょう。

地球連邦政府の総意のもと、そこに神の名はありません。人類の原罪についても言及されていません。これから先、もし最後の審判が訪れるとしたら、それは我々自身の心が招き寄せた破局となるでしょう。すべては我々が決めることとなのです)

熱線がパイプ表面の金属を溶かし、循環する水を沸騰させ、膨大な量の水蒸気に変える。センサーが異変に気づいた時には、パイプは内側からの圧で破裂し、居住ブロックの気圧は瞬間的に跳ね上がり、さらには高温によって水蒸気から分離した水素ガスが――。

（いま、我々の目の前には広大無辺な宇宙があります。あらゆる可能性を秘め、絶え間なく揺れ動く未来があります。どのような経緯でその戸口に立ったにせよ、新しい世界に過去の宿業《しゅくごう》を持ち込むべきではありません。我々はスタート地点にいるのです。他人の書いた筋書きに惑わされることなく、内なる神の目でこれから始まる未来を見据えてください。現在、グリニッジ標準時二十三時五十九分。間もなくです。この放送をお聞きのみなさん、もしその余裕があるなら、わたしと一緒に黙禱《もくとう》してください。去りゆく西暦、誰もがその一部である人類の歴史に思いを馳《は》せ、そして祈りを捧《ささ》げてください。宇宙に出た人類の先行きが安らかであることを。宇宙世紀が実りある時代になることを。我々の中に眠る、可能性という名の神を信じて――）

五、四、三、二、一……零時零分。モニターの映像が〈ラプラス〉の遠景に切り換わる。

宇宙世紀0001《トリプルオーワン》、一月一日。

突然、モニターにノイズが走り、白い閃光《せんこう》が焼きついた。次の瞬間、〈ラプラス〉はその形を崩し、音もなく瓦解《がかい》した。

精緻《せいち》な幾何学的美学を誇っていた円環が無様にひしゃげ、内側から破裂し、大量の構造材や外板、ガラス片が四方に飛散してゆく。ドーナツ状の居住ブロックから噴き出したその奔流は、ドーナツの上下に展開する二枚のディスクを打ちのめし、表面の凹面鏡がことごとく粉砕されたミラー・ブロックは、ほぼ一瞬にして銀色の輝きを失った。居住ブロックと二つのミラー・ブロックを繋ぎ止める回転軸のシャフトもねじ曲がり、ひしゃげたドーナツと薄汚れた割れ鏡が二枚、ほとんど廃墟《はいきよ》以下の様相を呈して虚空を漂流する。飛散した破片群は周辺に展開する警備艇にも襲いかかり、直撃を受けた不運なサラミス級が爆発の光輪を咲かせる。巨大な宇宙ステーションを背景にすれば、小さな光点でしかないそれが無数に咲き乱れ、崩壊した〈ラプラス〉を献花《けんか》のように埋め尽くす――。

壮絶に美しく、かつ呆気《あつけ》ない光景だった。真空で一気圧を保つ宇宙船やステーションは、鋼鉄の外皮を持つ風船のようなものだ。中の気圧が爆発的に高まれば、内側からの圧で簡単に破裂する。事前に聞いた通りの光景ではあったものの、地球連邦の威信、人類宇宙移民計画の象徴たる首相官邸が砕け散ったにしては、あまりに呆気なさすぎる光景だとサイアムは思った。数百人、千人以上かもしれない人間が真空に投げ出され、破片に引き裂かれ、死を実感する間もなく凍結した肉塊になったにしては。宇宙世紀への第一歩を血で汚《けが》した、人類史初にして最悪の宇宙テロが実行されたにしては……。

(臨時ニュースをお伝えします。たったいま、首相官邸〈ラプラス〉でなんらかの事故が起こった模様です。詳しい情報はまだ入っておりませんが、なにか重大な事故が……)

画面がテレビ局のスタジオに切り換わり、緊張も興奮も隠しきれないといったアナウンサーがモニターの中で喋《しゃべ》っていた。誰もなにも言わず、しわぶきひとつ立てず、一同は肩を寄せ合うようにしてモニターに見入った。やがて〝親方〟がひと言、「成功だ。これで家族に楽させてやれるぞ」と、めずらしく軽口めいたことを言ったが、その目は少しも笑っておらず、普段ならすかさず追従する腰巾着《こしぎんちゃく》のリーダー格も押し黙ったままだった。

（マーセナス首相を始め、構成各国の代表たちの安否は不明です……）と続くアナウンサーの声を聞きながら、サイアムはなぜか先刻の首相のスピーチを思い出していた。新しい世界に過去の宿業を持ち込むべきではない、他人の書いた筋書きに惑わされるな。当たり障りのないスピーチの中、異物のように差し挟まれたそれらの言葉が爆発し、頭の中では ね回るのを感じ続けた。

すべては我々が決めることだ、と首相は言った。その〝我々〟とは、サイアムたちのことではなかったか。自分たち〝ハズレ〟の人間にこそ、あの首相はなにか大事なことを伝えようとしていたのではなかったか――。そんなことを考え、その首相も凍った肉塊になったと思いついたのは一瞬だった。次の一秒には、無事に地球に帰れるのか、報酬は間違いなく支払われるのかと現実的な不安が頭を占め、サイアムは一秒前の思考を忘れた。作業艇が二度目の加速準備に入り、艇内が慌ただしくなったせいもあった。

地球の低周回軌道に乗るには、秒速八キロの速度を維持しなければならず、これより遅いと重力に捕らわれて落下し、増速するとさらに高度が上がることになる。すでに一回目の加速をかけ、〈ラプラス〉の周回軌道より高度を上げている作業艇だが、完全に低軌道を脱するには秒速十キロの速度を得る必要があった。

低軌道を離脱後、地球より三万五千キロほど離れた静止衛星軌道に移行。そこを周回する工業衛星と接触し、作業艇を解体したあと、施設要員に紛れてばらばらに地球行きの連絡シャトルに乗り込む。それが〝組織〟の用意した離脱の手はずだった。

飛散した〈ラプラス〉の破片は加速がつき、本軌道より高い高度を周回し始めているので、ぐずぐずしていると作業艇とかち合う危険性がある。連邦軍の警備艇も全滅したわけではなく、周辺空域の封鎖を急いでいるに違いないとなれば、一刻も早く低軌道を離れなければならない。慣れない無重力で押し合いへし合いしつつ、サイアムたちはキャビンの粗末な椅子に体を固定した。宇宙に上がって三日、ムーンフェイス〔無重力で体液分布が変化し、顔がむくむこと〕が常態になった男たちの顔が壁沿いに並び、ほどなくレーザー・ロケットの燃焼が船体を振動させると、全員の体がぐんと椅子に押しつけられた。

点火プラグの役割を高出力レーザーが果たすレーザー・ロケット・エンジンは、従来のロケットの三倍近い推力が得られる。秒速一キロ分の加速を二分かけて行う「安全運転」とはいえ、無重力に慣れかけた身に1Gの重力加速度はきつい。サイアムは目を閉じ、椅子のひじ掛けをぎゅっと握りしめた。

加速はすぐに終わる。五時間後には静止衛星軌道に乗り、工業衛星と接触できるはずだ。そうしたら地球に帰れる日は目の前だ。母は、妹は、元気だろうか。前払い金でちゃんと病院に行けただろうか。国に戻ったら、あんなウサギ小屋みたいなアパートは引き払って、もっとマシなところに引っ越そう。どこかに小さな土地を買って、また羊の放牧を始めるのもいい。もう宇宙はたくさんだ。〝組織〟にも関わりたくない。この金で、おれはハズレじゃない人生を買い直すんだ——。

船体に不気味な衝撃が走ったのは、その時だった。

ガタン、と重いものが落ちたような音と、艇尾から伝播《でんぱ》する不快な振動。エンジンの調子によるものではない、とすぐにわかった。宇宙にいれば、原因不明の音や軋《きし》みには慣れっこになるが、鋭く船体を叩《たた》いた音は尋常なものではなかった。全員がぎょっとキャビンの天井を見上げ、「宇宙塵《デブリ》か？」「〈ラプラス〉の破片が当たったんじゃないのか⁉」と口々に叫ぶ中、〝親方〟はすかさず操舵《そうだ》室に繋《つな》がる船内電話を取り上げた。サイアムは、ほとんど表情を読み取れないその横顔を注視した。

「追いかけてきたんだ。〈ラプラス〉で死んだ連中が追っかけてきやがったんだ……！」

リーダー格の男が、常軌を逸した声を張り上げて頭を抱えた。サイアムは思わず肩を震わせたが、「黙れ！」と〝親方〟が一喝する方が早かった。

「機関の近くになにかが当たったらしい。推力が落ちてる。〝羊飼い〟、おまえ、外に行って様子を見てこい」

操舵室との電話を置きつつ、〝親方〟はサイアムの目を見て言った。たまたま目が合ったからという、それだけの理由で指名されたに違いなかったが、だからと言って抗弁はできないいつもの口調だった。サイアムは無言で椅子の固定具を解き、エアロックの方に体を流した。

加速の止まった艇内は無重力になっていたが、リーダー格の男は重力があるかのように頭を垂れ、サイアムが気密室に入るまで顔を上げようとしなかった。

昔は船外作業に出るたびに体を減圧しなければならなかったらしいが、いまは宇宙服の性能が向上したお陰で、その面倒からは解放されている。ヘルメットをつけ、壁の支持具にかけられた生命維持装置を背負ったサイアムは、一分後にはエアロックの開放レバーに手をかけていた。

気密室の空気が抜けると同時に、いっさいの音は消え去り、ヘルメット内にこもる自分の呼吸音だけが聞こえるもののすべてになる。エアロック脇のフックと命綱の接続を確かめてから、サイアムは作業艇の外に漂い出た。腰の携帯用スラスターを短く噴かし、艇の後部方向に体を流すようにする。

加速していないとはいえ、作業艇は宇宙の一点に静止しているわけではない。あと一息で低軌道を離脱できる速度、秒速九キロほどで地球の周囲を巡っているはずだ。半年前に訓練を受け始めた頃は、それでは船外に出た途端に振り落とされるのではないかと不安になったものだが、運動中の物体に乗る人間は運動の支配下にあり、なんらかの負荷や抵抗がかからない限り、これが止まることはない。たとえば空を飛ぶ飛行機から飛び出した時、落下するのは重力という負荷が体にかかるためだ。後方に弾《はじ》き飛ばされるのは空気という抵抗があるためだ。その両方がない宇宙空間では、秒速九キロで移動する宇宙船の外に出た人間の体は、秒速九キロで移動し続ける。すなわち、体感的には、自分も宇宙船も完全に静止しているように感じられる。

作業艇の進行方向に対して逆向きに携帯用スラスターを噴かしたサイアムは、だから正確には艇尾に「向かった」のではなく、体にかかる慣性をほんのわずか減殺《げんさい》し、作業艇を先に「行かせた」ことになるのだが、やはり体感でわかることではない。艇尾にたどり着いたところで命綱を引き、作業艇との相対速度を合わせたサイアムは、シリンダー状の船体後部に突き出したスラスターノズルに点検の目を注いだ。

異常はすぐに見つかった。船体の外に張り出した燃料パイプに亀裂《きれつ》が入り、化学燃料が漏れ出している。小石ほどの隕石《いんせき》が当たったのか、いまやデブリとなった〈ラプラス〉の破片と接触したのか。漏れる端から凍結し、氷柱《つらら》のようになった燃料を見、『追いかけてきた』と言ったリーダー格の声を思い出したサイアムは、少し鳥肌が立つ気分を味わった。

バカバカしい、デブリとの接触事故などごまんと例がある。訓練で得た俄《にわ》か知識で悪寒をごまかし、サイアムは事の次第を艇内に伝えた。（バルブを止める。残った分で必要な加速は得られる。すぐに戻ってこい）というのが〝親方〟の返事だった。サイアムはパイプに付着した燃料の氷柱を折り、遠くに投げ飛ばした。放っておくと、なにかの拍子に氷柱が折れ、ノズルの方に漂い出す危険性がある。ノズルが噴射中の時に起こったら一瞬で大爆発だ。

サイアムは、命綱を手繰ってエアロックの方に戻った。太陽と地球を背にすると、それまで隠されていた星の光が見えることに気づかされた。大気の揺らぎを通さずに見るそれは、決して瞬かない銀色の光の絨毯《じゅうたん》だった。見える範囲に月はなく、人工物もなく、網膜に刺さるような鮮烈な星の光がどこまでも広がる。辛うじて肉視できる小さな星の先は、光の速さでも探りきれない闇の深淵《しんえん》――。

懐かしい。ふとそんな思いが脳裏を駆け抜け、自分の思考のあまりの脈絡のなさに当惑した刹那《せつな》、常時オープンの無線がノイズとともに途切れた。同時に閃光《せんこう》が発し、作業艇のエアロックから炎が噴き出すのをサイアムは目撃した。

それは瞬く間もなく膨れ上がり、作業艇を呑《の》み込んだ。衝撃波を浴びる直前、サイアムは操舵室の窓から操舵手の宇宙服が飛び出すのを見、灼熱《しゃくねつ》した破片が四方に飛散するのを見、作業艇の船体が内側から砕け散るのを見た。次いでその体は爆発の衝撃で押し出され、不均等に働いた慣性が体を縦に回転させると、バイザーごしの視界は高速で流れる地球と星の光の奔流だった。

星、太陽、長大な弧を描く地球の輪郭。それらが目まぐるしく上下に流れ、ひと塊のガスと化した作業艇の痕跡《こんせき》がみるみる遠ざかってゆく。とにかく体の回転を止めることだ。目標になるものを見定め、宇宙服の無事を確認することだ。訓練で習った対処法が頭を行き過ぎたものの、衝撃で断線した神経はまともに作動せず、サイアムは無為に手足をばたつかせた。いったいなにが起こった。なぜ作業艇は爆発した。おれは、漏れた燃料の氷柱をちゃんと排除したのに。他に異常はなかったのに。

いや、違う。あれは内側からの爆発だった。艇内でなにかが起こったのだ。なにかが爆発して……なにが？　燃料以外、危険物なんて積んでいなかった。積荷係の仲間がちゃんと確認しているから間違いない。誰かが故意に忍び込ませでもしない限り、爆発するような物が艇内にあるわけが――。

胃袋がきゅっと収縮し、サイアムは恐慌の中で目を見開いた。裏切り、爆弾、口封じ。複数の言葉が視界と一緒にぐるぐる廻《めぐ》り、なんらかの論理を組み立てかけたようだったが、それも恐怖と混乱の荒波に押し流され、最後に浮かび上がったのは『追いかけてきた』というリーダー格の常軌を逸した声だった。

〈ラプラス〉の亡者《もうじゃ》どもが。ほんの数分前まで生き、いまは千の凍った肉塊になっている亡者どもが、執念深く作業艇を追いかけてきた。そして鋭い牙《きば》を剝《む》いて襲いかかり、自分たちを殺した者に当然の報いを受けさせたのだ。艇内にいた〝親方〟たちには速やかな死を。たまたま船外にいたサイアムには、真綿で首を絞めるような緩慢な死を。

ちぎれた命綱が目の前を流れる。その向こうを作業艇の破片が追い抜いてゆく。生命維持装置の最大稼働時間は八時間。付近にいる船に救難信号が受信されたとしても、それまでに回収される可能性は限りなくゼロに近い。なにしろこちらは音速を超える速度で流されているのだ。行く先は地球か、宇宙の深淵か。作業艇は低軌道脱出速度に達していなかったから、たぶん地球の方だろう。体の慣性速度と地球の重力の折り合いがつけば、低軌道に捕らわれてミイラになるまで地球を周回し続ける。折り合いがつかない場合は地球に真っ逆様、大気圏に炙《あぶ》られて流れ星が一丁上がりだ。

いや、その前に〈ラプラス〉の破片群に突っ込み、秒速八キロの鉄片に切り裂かれでもするか。奇妙に冷えた頭の片隅で予測する一方、毛穴という毛穴から噴き出す恐怖が宇宙服の中を満たし続け、死にたくないとサイアムは絶叫した。死にたくない、こんな死に方は嫌だ。最期までハズレの人生なんてあんまりじゃないか。

帰らなくちゃいけないんだ。母さんと妹のシャーラはおれを待っているんだ。死にたくない死にたくない死にたくない——。過呼吸を知らせる警告ブザーが鳴り響く中、きつく目を閉じて念じ続けたサイアムは、次に目を開いた瞬間、それを見た。

灼熱の尾を引いて流れる作業艇の破片の向こう、見たこともない宇宙服を着た人影がひとつ、二つと現れ、背中のスラスターを噴かしてこちらに近づいてくる。それはみるみる大きくなり、ヘルメットと思《おぼ》しき頭部に赤い光を点すと、手に携えた機関銃らしきものの銃口をサイアムに向けた。

思わず両手を前に突き出したサイアムを意に介さず、大昔の甲冑《かっちゅう》に似たデザインの宇宙服が急速に近づく。肩に取りつけられた盾、濃緑色のボディ、頭部でぎらりと光る一つ目。宇宙服ではない、それ以前に人間ですらないなにかが傍らを次々にすり抜け、その巨体を――信じられないことに、身長二十メートルはあろう巨体を――サイアムに見せつけて行き過ぎる。サイアムはその暴威に巻き込まれ、ゴミのように回転し、一つ目の巨人たちが目指す先を視界に入れた。そこにあるのは、青く輝く地球の輪郭と、無数の爆発の光輪に彩られたバカでかいボンベの化け物だった。

ボンベとしか見えない巨大な円筒に、羽根のように見える三枚のミラー・ブロックが取りつけられた物体は、テレビで見たことがあった。宇宙移民計画の柱、「島3号」型のスペースコロニーだ。いま、その長方形の羽根は三枚ともひしゃげ、ボンベの表面には醜い焦げ跡がいくつもついていて、まるでスクラップというありさまを呈していた。人類史上最大の建造物、テレビごしにも壮麗だったぴかぴかのスペースコロニーが、膨大な質量を震わせて地球の輪郭に触れつつあった。

手にした機関銃を撃ち散らし、一つ目の巨人たちがそれに伴走する。抵抗する宇宙船や戦闘機を次々と葬り、コロニーの周辺を乱舞する巨人たちは、さながら悪鬼の群れだった。その間にもスペースコロニーは前進を続け、低軌道を割って地球に近づいてゆく。全長三十キロ、直径六キロを超えるコロニーの先端が大気圏に触れ、灼熱しながらずぶずぶと大気層に沈み始める。コロニーを誘導し、地上に落下させようとしている巨人たちの思惟《しい》を察したサイアムは、やめろ！　と夢中で叫んでいた。

そんなものを落としたら地球は目茶苦茶になる。母さんがいるんだ。シャーラがいるんだ。やめろ、やめろ、やめてくれ――！

巨人たちは答えず、灼熱するコロニーの反射光がその巨体を赤く浮かび上がらせる。ミラー・ブロックがもぎ取れ、炎に包まれたコロニーの円筒が、雲の筋を蒸散させながら水の星に沈んでゆく。最後の審判だ、とサイアムは思った。悪業に満ちた世界を終わらせ、善行を積んだ者だけを天界に導く神の裁き……なら、これは仕方がないことなのか？　そんな諦念《ていねん》は、〝すべては我々が決めること〟と告げた誰かの声に吹き散らされ、サイアムは閉じかけた目を開いた。

大気のベールを灰茶色の噴煙で汚し、巨大隕石と化したスペースコロニーが地表に落着する。地球の輪郭の一端に閃光が発し、夜明けの太陽に似た光が拡大してゆく。サイアムは泣いていた。己の無力への怒り、悔恨、悲哀。整理できないさまざまな感情が爆発し、沸騰した体液になって目から噴きこぼれるのを感じ続けた。やがて光は拡大し、太陽より強い光になって網膜を焼き——出し抜けに静寂が舞い降りた。

ゆっくり、目を開けてみる。体の回転は止まっていた。生命維持装置の警告ブザーも途絶え、呼吸や脈拍が危険域から正常値に戻りつつあることを伝えていた。バイザーごしに見える地球の輪郭は、静止しているように見えた。落下するスペースコロニーはどこにもなく、無論、一つ目の巨人たちも見当たらなかった。

眼窩《がんか》からこぼれた雫《しずく》がひとつ、ヘルメットの中を漂い、除去装置に吸引されてすぐに見えなくなった。夢……か？　気絶していたという実感はなく、サイアムはしばらく当惑の時間を漂った。あまりにも非現実的な、しかし奇妙に生々しい実感を伴った悪夢。自分の脳髄にあんな幻を構成する力があるとは思えず、夢の余韻を引きずった目で周囲を見回すと、無数のデブリがあたりを取り囲んでいることに気づかされた。

引きちぎれた外板、構造材、砕けたガラス。中には十メートルを超える残骸《ざんがい》もあるデブリ群は、〈ラプラス〉のものと知れた。飛散した際に本軌道から離れ、より高い高度を周回するようになったデブリと、爆発で吹き飛ばされたサイアムの相対速度がたまたま一致したのだろう。

周囲のデブリはゆったり流れており、ほとんど止まっているように感じられた。自らが作り出した真空の廃墟《はいきょ》に囲まれ、永遠に低軌道を周回する宇宙服がひとつ——。ぼんやりと考え、ひどく静まり返っている胸の内に当惑を新たにしたサイアムは、デブリの中にきらりと輝くなにかを見つけた。

最初は、ミラー・ブロックから砕け散った凹面鏡の破片かと思った。地球光を反射してきらめく物体は、それほどにまぶしかった。サイアムは、あと十秒分の噴射が保証されている携帯用スラスターを噴かし、光る物体の方に近づいていった。

不思議なくらい、死の恐怖はなかった。それよりも強い、なにかしら予感めいたものが胸の奥で脈動していた。広大無辺な宇宙で、けし粒以下の物体同士がたまさか相対速度を合わせ、接触をする。億分の一以下の偶然を前にして、自分の正気を疑う神経も麻痺《まひ》していたのかもしれない。

ゆるゆると回転しながら、その物体は滑らかな表面に地球光を映していた。サイアムは携帯用スラスターを小刻みに噴かし、物体の前に体を静止させた。

亀裂《きれつ》を生じさせながらも、物体は差し渡し三メートル強、厚み三十センチほどの六角形を保っていた。サイアムは、磨き抜かれたその表面に自らの宇宙服を映《は》えさせ、手袋に覆われた手をそっと近づけてみた。

物体に映る宇宙服が、同じように手をのばす。向き合い、見つめあう両者の指先が静かに触れ合い――

0096

のばした手のひらが空をつかむ虚しさに、サイアム・ビストは目を覚ました。

物体はない。そこに映える宇宙服姿の自分もいない。ベッドから見上げる天井に、瞬かない星空が広がっているのが見えた。無論、本物の光景ではない。ドーム構造の部屋の壁面全体に映し出された、映像の宇宙。肉眼で捉《とら》えるのと区別がつかない、精緻《せいち》な全天周《オールビュー》モニターの星空だ。

そして、その虚構の宇宙《そら》に虚しく五指を広げ、空をつかんだ皺《しわ》くちゃの手のひらがひとつ——。若き日の夢は過ぎ去り、老いて萎《しな》びた手のひらを眼前に眺めたサイアムは、少しまどろんでいた自分を覚え、ひっそり安堵《あんど》の息を漏らした。冷凍睡眠から醒《さ》めたわけではない。もしそうなら、今頃は全身が賦活《ふかつ》の苦痛を訴え、凍えきった細胞に体液がめぐる疼《とう》痛《つう》に身《み》悶《もだ》えしているはずだから……。

ふと、人の気配を感じた。ベッドひとつの他は星しか見えない、床と壁の境目も判然としない空間に、ひとりの男が黙然と立ち尽くしていた。この部屋に入れる人間の数は多くない。「カーディアスか」とサイアムは問うた。微《かす》かに揺れた空気を返事にして、カーディアス・ビストの長身が宇宙の闇から滲《し》み出し、ベッドの方に歩み寄ってくる気配が感じられた。

詰襟のシャツに、同じく襟の立ったマオカラー風のスーツ。ビスト財団伝来の衣装を隙なく着こなし、銀色の眉《まゆ》の下に鋭い眼光を閃《ひらめ》かせるカーディアスは、齢《よわい》六十を過ぎていまだ肉体の衰えを感じさせない。身に染みついた権力の臭いを隠しもひけらかしもせず、羨《せん》望《ぼう》も中傷も存在の重みでねじ伏せる剛直な立ち姿は、いまやどこから見てもビスト財団当主のそれだとサイアムは思った。

金融・鉄鋼・製造といった基幹産業は無論のこと、流通からレジャー産業、果ては百貨店経営にまで及ぶビスト一族の力を一身に体現し、複雑怪奇な人脈と投資機関の網を目配せひとつで動かしながら、決して表には現れない隠花《いんか》植物の王。跡目を継いで十数年、〝財団〟と言えばビスト財団を指す地下水脈の臭気に慣れ、連邦政府との爛《ただ》れた共生関係にも慣れて、ますます強《したた》かになった身内の顔ではあった。

サイアムは多くの子を儲《もう》け、そのほとんどがビスト財閥と呼ぶべき影の王国を形成しているが、次男の長子であるカーディアス以外、王座を譲るに値する人材には恵まれなかった。初代が事業を起こし、二代目が拡大し、三代目が遊び惚《ぼ》けるのが世の常とはいえ、カーディアスの場合、若い頃の放蕩《ほうとう》が人の幅を広げ、ビスト家の毒を薄めるように働いた節がある。どだい、学生時代に家を飛び出し、素姓を隠して連邦宇宙軍に入隊、一時は戦闘機を乗り回していたというその経歴は、権力の毒が廻《めぐ》りきった一族においては異端中の異端だ。跡目候補の筆頭であった父親に似ず、根が闊達《かったつ》にできているカーディアスには、段抜かしの襲名をやっかむ同族たちを風と受け流す強さも備わっていた。

もっとも、破天荒な異端児の顔は表向きのものでしかなく、実は誰よりも繊細に人の機微を読み取り、それを含んだ上で剛直に振る舞う複雑さがカーディアスにはある。父親の不可解な死の真相を含め、すべてを知った上で二代目当主を継いだ男の腹の中にはなにが詰まっているのか。隠居して久しいサイアムにはすでに測りかねる時さえあったが、こうして定期的に顔を出しては隠微《いんび》な目の色を見せつけ、益体《やくたい》なく眠りこける年寄りに過去の不実を思い出させる、それがカーディアスという男だった。そして、傍系も含めれば二百家族は下らないビスト一族の長《おさ》にありながら、この孫ひとりの他に不実を分けあう同志を持てなかったのがサイアムの現実ということでもあった。

いまもベッドに横たわるサイアムを見下ろし、「お加減は？」などと訊《き》くカーディアスの瞳《ひとみ》には、宗主《そうしゅ》と二代目当主というだけでは説明のつかない、押し殺した感情の澱《おり》が潜んでいる。サイアムは、ビスト家の紋章が彫られたブレスレット型のリモコンに触れ、音もなくせり上がってきたサイドテーブルから水差しを手にした。

「冷凍睡眠が若返りを促進するという仮説は、わたしの体では否定されたな。差し引きゼロというところだ。疲れたよ」

冷たい水が渇いた体に浸透するのを感じながら、ため息混じりに応じる。肉体を凍結させ、代謝を停止させる冷凍睡眠は、宇宙世紀にあっても完成の域に達したとは言い難い技術だ。まだ一部の研究機関や病院でしか扱っておらず、被験者は半ばモルモット扱いというのが実情だが、どうにか実用段階のレベルになったと聞いた時点で、サイアムはそれを研究機関ごと買い取っていた。

バカンスや休養と称しては、財団当主の激務の合間にこつこつと時間を貯め、引退後の長期睡眠と合わせて二十年ほど稼いだか。主治医の診断によると、現在のサイアムの肉体年齢は九十三歳に相当するとの話だった。連れ合いはとうの昔に先立ち、子供らも半分近くが他界した中、自分ひとりが老いぼれた肉体に鞭打《むち》ち、自然の理《ことわり》に逆らって時を渡り続けている。そのさまは拷問という以上に滑稽《こっけい》であり、生に執着する老人の無残を体現するものでしかなかったが、サイアムには、嘲笑《わら》われてもそうしなければならない事情があった。ビスト一族の繁栄のため、繁栄の底に横たわる呪いを封印するため、不実を承知で時を渡る必要があった。

百年の昔に、この世界に仕掛けられた呪い。『ラプラスの箱』の守人《もりびと》として――。

「どうだ？」

それも、じきに終わる時が来る。そのために動いているカーディアスに、サイアムは事務的な声をかけた。「予定通り、三日後に実施します」と、同じくらい事務的な声が返ってきた。

「わたしが直接〈インダストリアル7〉に出向き、引き受け先と接触する手はずです」

「おまえがか」

「他人に任せられる仕事ではありませんから」

カーディアスは薄く笑い、言った。笑うと、パイロットだった頃の不敵な本性が目に覗《のぞ》くようだった。老境に達していても、まだ己の肉体を信じられるのが彼の年頃だ。起き上がるのもままならないサイアムには、その頃の感覚さえ思い出せるものではない。

「せっかく『UC計画』を転用できたのです。引き受け先にくれてやる前に、少しいじっておきたいという気分もあります」

「元パイロットの好奇心か……」

「欲と言ってくださってかまいません。実際、いい機体ですよ。あれは」

ビスト財団の当主ともあろう者が、自らテストパイロットを買って出かねないカーディアスの口調だった。それもいい、とサイアムは苦笑する。引き受け先の選定からその方法に至るまで、『箱』を第三者に譲渡する計画はカーディアスに任せてある。譲渡の条件として、サイアムが提示した無理難題をクリアするべく、それとはまったく別の計画を転用することを思いついたのもカーディアス自身だ。多少は趣味も交えての思いつきなのだろうが、仕掛けが万全であるならやらせておくしかなかった。

「『UC計画』の所産、《ユニコーン》。可能性の獣に、『ラプラスの箱』への道案内をさせるか……」

独りごちてみて、寓意《ぐうい》がすぎるとあらためて思う。しかし、物事が大きく動く時はそんなものだという思いもサイアムにはあった。すべてが最初から計画されていたなどということはなく、あとになって偶然の符合に震撼《しんかん》とさせられる。そう、しょせん人の生は、すべて偶然に支配されているのだ。

あの時、十七歳のサイアムが作業艇の外に出ていたことも。無辺の虚空をさまよい、〈ラプラス〉の破片群に遭遇したことも。そこで『箱』を手に入れたことも……。

物思いに取りつかれたこちらの横顔を窺《うかが》い、カーディアスが神妙な目を向けてくる。サイアムは天井を埋め尽くす星空を見上げたまま、「引き受け先の信用調査は、万全だろうな？」と取り繕う言葉を並べた。

「アナハイム・エレクトロニクスと取引の実績があります。海賊事件を装っての裏取引ですが、それを手始めに窓口は開けています。現状では唯一の選択肢かと」

ビスト財団が経営に参与する企業の中でも、最大手と言って間違いのない企業名をカーディアスは口にした。その名の通り、地球は北米地区に端を発した家電メーカーは、いまや地球連邦軍の装備受注率トップを占め、地球圏最大の企業グループを形成している。一介の家電メーカーが軍需産業の雄に成り上がる発展の歩みは、そのままビスト財団の歩みに重なるものでもあった。

そのアナハイム社と取引の実績があるなら、そこにはビスト財団の関与もあると見ていい。引き受け先の身元を保証するなによりの根拠と言えたが、カーディアスはどこか歯切れの悪い口調だった。与《くみ》する企業に血族を送り込み、影の王国の基盤を充実させながら、時に暴走する彼らの手綱をしっかり握っておかなければならない。王座に座る者の孤独を思い出しつつ、「アルベルトか」とサイアムは問うた。カーディアスは目を逸《そ》らし、「ええ。細かい金儲けは得意な男です」と短く応《こた》えた。

「どのみち、不確実性に頼るしかないのがこの計画です。いかに目配りをしようと、すべてが万全というわけにはいきません」

わずかに覗かせた動揺を押し隠し、カーディアスは硬い声で続けた。隠しても滲み出す振り幅の激しさも、いまだ残る若さの証明というところか。もはやそよ風ひとつ立たない我が身の枯れように辟易《へきえき》としながら、サイアムは無言を返した。

「『ラプラスの箱』の秘匿とともに、ビスト財団の栄華はあった。連邦との間に築かれた百年の盟約を反故《ほご》にしようというのです。秘密保持は徹底しているつもりですが、感づいている者はいるでしょう。財団のみならず、アナハイムにも不穏な動きはあります」

「メラニーが実務を離れてから、あの会社も腑抜《ふぬ》けた。そろそろ財団抜きの経営を覚えて

「彼らにとっては死活問題です。マーサも黙っていないでしょう。権力の濫用ですよ、我々がやろうとしていることは」

究極の権力は、人を殺すと知っている男の目と声だった。その目を見返し、いまは亡き次男の面影を重ね合わせたサイアムは、「気にするな」と自分とカーディアスの両方に言った。

「無能者は、能力のある者に負わされた義務と責任の重みを想像することはない。死ぬまでな」

頭上に映える遠い星を見据え、サイアムは口を閉じた。しばらくの沈黙を挟み、「変わりませんな、宗主《そうしゅ》は」と返ってきたカーディアスの声は、苦笑混じりの柔らかさだった。身内の体温を伝える声音に、むしろ息苦しさが増すのを感じながら、そうだろうかとサイアムは自問してみた。

変わらない？　いや、変わった。夢の中にいた十七歳の若者は、世の辛酸をなめつくしたつもりでいた無知な少年は、ベッドに縛り付けられた老人を自分とは認識できないだろう。百年に近い歳月は、人を変えるのに十分な時間だ。ある目的のために立ち上げられたシステムが、いつしか当初の志を見失い、ただ継続するためだけに際限なく肥え太ってゆく。人や組織の不実を発酵させるのに、百年という時間はおつりの来る長さだ。地球連邦政府しかり。ビスト財団しかり。アナハイム・エレクトロニクスしかり。そして、自分という人間しかり――。

あのあと、付近を航行する民間船に奇跡的に救出されたサイアムは、『箱』とともに地球に帰還した。故郷には戻らず、母と妹にも二度と会わなかった。無知で貧しいテロリストの若者は、分離主義者の仲間とともに宇宙の藻屑《もくず》になったのだ。自分の生存が漏れ伝わり、何者かが書いた筋書きを乱すような結果になれば、せっかく拾った命はもちろん、母と妹の身も危険にさらすことになる。そう予測できる程度には、当時のサイアムも世の中を知っていた。

その何者かが書いた筋書きによるものか、首相官邸爆破テロに携わった者たちは速やかに検挙された。〝組織〟は、それを支援していた分離主義国家ともども、連邦軍に根こそぎ壊滅させられた。連邦政府はすぐに新政権を発足させ、『リメンバー・ラプラス』というかけ声のもと、反政府運動の徹底的な取り締まりを開始した。テロを計画・実行した〝組織〟の背後には、リベラルなマーセナス政権の転覆を狙う連邦議会極右派の策動があった――事の真相に触れる本や映画がいくつか世に問われたが、大方の世論はありきたりの陰謀説と片付け、連邦の苛烈《かれつ》とも言える対テロ政策に賛同した。

大衆が愚かだったのではない。すでに始まってしまった宇宙世紀を前に、やれ棄民政策だ、やれ民族闘争だと、十年一日の主張しかできない分離主義者たちこそ愚かだったし、実体のない理念より現実の生活を選んだという意味では、大衆は常に利口であるという歴史のメカニズムが実証されたのに過ぎなかった。宇宙世紀００２２《ダブルオートウエンテイツー》、連邦政府が「地球上の紛争のすべての消滅」を宣言するまで続いた闘争は、結果的に地球連邦の国家的基盤を確立し、宇宙世紀に移行した社会のパラダイム・シフトを推し進めたとも言える。リカルド・マーセナス首相が訴えた「神の世紀との訣別《けつべつ》」は、皮肉にもその死によって達成されることになったのだった。

その間、「すでに存在しない人間」になっていたサイアムは、その特性を活《い》かして事業を起こした。宇宙世紀に入っても、マフィアやヤクザといった呼称に表される地下社会は健在であり、それらが表社会の政治や経済活動に関与する構造も西暦の時代と変わりがなかった。サイアムはその中で頭角を現し、特許事案をめぐる揉《も》め事《ごと》に介入したのをきっかけに、北米地区に本社を置くある企業と関係を持つようになった。

アナハイム・エレクトロニクスと呼ばれるその企業は、当時は中規模の家電メーカーに過ぎなかったが、サイアムの働きで件《くだん》の特許を取得すると、それをバネに急成長し始めた。サイアムの持つ『箱』の力が政府を動かし、特許を争っていたライバル企業を干上がらせた結果だった。地下社会との繋《つな》がりを保つ一方、サイアムはアナハイム社の役員に迎え入れられ、専務であった男の娘と結婚した。旧フランス貴族の流れを汲《く》む由緒正しい家柄は、「すでに存在しない人間」が再び表社会に出るための装置として有効だったし、素姓の定かでない入り婿であっても、才能があれば問題はないとする気風が当時のビスト家にはあった。サイアムは、アナハイム社の傘下で事業を起こす傍ら、ビスト家の名前を使って公益法人を立ち上げた。美術品や骨董《こっとう》品などの世界遺産を、地球より安定したコロニー環境に移送する財団法人組織だったが、実際には事業や投資で儲《もう》けた金を洗浄する集金窓口であり、連邦政府の官僚を飼い殺す天下り先としても機能した。現在まで続く連邦との共生関係、今日のビスト財団は、その瞬間に産声をあげた。

盤石な連邦政府の体制のもと、宇宙移民計画は順調にスケジュールを消化していった。L5におけるサイド1の完成を待たず、L4でサイド2の建設が始まるや、スペースコロニーの建造は加速度的に進展するようになった。「島3号」型コロニーの数はたちまち百を超え、その意思を顧みられることなく、億単位の人々が休みなく宇宙に打ち上げられた。いつしか宇宙移民者《スペースノイド》と地球居住者《アースノイド》の数は逆転し、牧畜も農業もコロニーで行われるようになると、経済も生産も宇宙なしでは成り立たない時代が到来した。地球への出入りには厳しい規制が設けられ、スペースノイドが再び大地を踏みしめる機会は皆無と言ってよく、彼らの間にはエレズムと呼ばれる思想が定着した。地球を聖地と見なし、人類発祥の場として永遠に遺《のこ》すべきとするその思想は、地球への未練を断ち切ろうとするスペースノイドの哀歌であり、いまだ地球に残る特権階級に手向けた意趣返しでもあった。

実際、連邦政府が推進する宇宙移民計画は、第一段階の計画が達成された0050《ダブルオーフィフティ》頃から歪《ゆが》みを表出し始めていた。本来、環境回復に必要な最低限の人員だけが残るとされた地球に、いまだ多くの人々が居残り、新たな土地開発まで行われるようになっていたのだ。中央連邦政府自体も地球に拠点を築いて動こうとせず、その関係者だけが地球に留まり、中央政府の片務的な立法で縛られたコロニー群が声も出せずに地球の周囲を廻《めぐ》り続ける、という構図。連邦政府は『ラプラスの悲劇』を持ち出し、宇宙に政府を移転させることの危険を説いたが、その一方で新規コロニーの建造計画を凍結させる支離滅裂は、「所定の数の人間を棄て終わった」と暗に認めたも同然だった。当然、スペースノイドの不満は高まり、その不満を凝集したかのように、ひとつの思想が宇宙の片隅で誕生した。

提唱者である政治思想家、ジオン・ズム・ダイクンの名に因《ちな》み、その思想はのちにジオニズムと呼びならわされるようになった。スペースノイドの自治権要求運動をサイド国家《コントリ》主義《ズム》に編纂《へんさん》し、地球聖地主義《エレズム》を加えて体系化したジオニズムは、人類の進化にまで言及した壮大な思想であり、歪んだ宇宙移民計画の結果を生きるスペースノイドに自意識の喚起を促すものだった。連邦政府はこれを黙殺したが、ジオニズムは月の裏側と向き合うサイド3を中心に広まり、ついにはサイド3に事実上の独立を宣言させるに至った。

宇宙移民が開始されて半世紀、スペースノイドにとって輝かしい革命になるはずだった独立宣言は、しかし連邦政府にとっては分離主義運動の終焉《しゅうえん》以来、初めて迎える実質的な脅威となった。連邦政府はサイド3への弾圧を強化し、宇宙軍の増強を開始した。〈ラプラス〉を取り囲んでいた警備艇とは武装も大きさも比較にならない、最新型の宇宙巡洋艦《サラミス》が何隻も舳先《へさき》を並べ、対してサイド3側も国防隊の軍備を厚くして来るべき有事に備えた。そして双方の緊張が臨界点に達した宇宙世紀００７９《ダブルオーセブンティナイン》、たび重なる経済制裁と暴力的な内政干渉への回答として、ジオン公国を名乗るサイド3は地球連邦政府に宣戦を布告。双方ともに総力戦となる戦争の火蓋《ひぶた》が切って落とされた。

ほぼ一年間にわたって繰り広げられたことから、一年戦争とも呼ばれる連邦とジオンの戦いは、宇宙世紀のテクノロジーを惜しみなく投入する殲滅戦《せんめつせん》となり、人類に史上最悪の戦禍をもたらした。総人口の半数を死に至らしめたとも言われる災厄の一年の後、ジオン公国の敗北をもって終戦協定が結ばれ、地球連邦政府は辛うじて支配体制を維持した。しかしジオニズムに端を発した地球と宇宙の階級闘争は終わらず、その後も十年以上の長きにわたっていくつもの戦乱を引き起こし、一年戦争の傷が癒《い》えない地球圏に塩を擦り込み続けてきたのだった。

その途方もない消耗と浪費は、アナハイム・エレクトロニクスに恒常的な戦争特需をもたらし、地球圏最大の企業グループに押し上げる糧《かて》となった。旧ジオン公国の軍需産業を吸収合併し、地球連邦軍の装備開発をほとんど一手に賄う傍ら、工場ごとの独立採算制を言い訳にして反地球連邦組織とも通じ、地球と宇宙の双方を相手に公平な商いを持ちかける。月に資本の大部分を移していることから、「月の専制君主たち」、もっと直截《ちょくせつ》的には

「死の商人」と揶揄《やゆ》されるアナハイム・エレクトロニクスの背景には、しかし常にビスト財団の影があり、その寡占的かつ排他的な企業運営を保証する『箱』の存在があった。

連邦政府から無限の便宜を引き出す『箱』。百年にわたってビスト財団が隠匿してきた『箱』。宇宙世紀の始まりの日、億分の一の偶然でサイアムが手にした『箱』……。重力、宗教、民族の軛《くびき》を脱した人類が、宇宙世紀に手に入れるはずだった新たなる契約の箱、『ラプラスの箱』。それは百年の呪いを封じ込め、いま現在も自分とともに在る。乾ききった無力な体をベッドに沈めたまま、サイアムは深い吐息を漏らした。

これまでにも、『箱』を開ける機会はあった。その瞬間に世界を根底から覆し、〝あるべき未来〟を宇宙世紀にもたらす機会はあった。そのために、自分はビスト財団を育て上げ、冷凍睡眠に頼ってでも生き長らえてきたのだ。ひとりの人間には重すぎる義務と責任を背負い……いや、言い訳はするまい。自分には、その蓋を開ける勇気と力がなかったというだけのことだ。あの時に見た幻――巨大なスペースコロニーが地球に落下する地獄絵図に怯《おび》えながら、それが現実と化す無残を座視し、財団の維持繁栄にのみ心血を注いできた。百年を経て当初の志を見失い、人を信じることもできなくなった臆病《おくびょう》者が、未練たらしく生き長らえてきたというだけのことだ。

地球は、いまは夜の顔をこちらに向け、壁の一面に薄い大気のベールを浮かび上がらせていた。百年前から変わらぬ地球……だが実際には、数度の「コロニー落とし」で大量の塵芥《じんかい》がまき散らされ、大気層に汚れた霞《かすみ》の帯が滞留している地球。大気のベールに目を凝らし、千年は消えないだろう罪の刻印を網膜に焼きつけようとしたサイアムは、その地球の前を横切る人型の物体に目を留めた。

小指の先ほどの大きさにしか見えなかったが、かなりの高速で星の海を横切った人型は、宇宙服を着た人間の類いではなかった。モビルスーツだ。レーダーなどの電子機器を無力化するミノフスキー粒子の発見に伴い、接近戦が主流となった宇宙時代の戦場で用いられる人型機動兵器。幻に見た一つ目の巨人は、いまやありふれた兵器となってアナハイム社の生産ラインに乗り、戦車や戦闘機に代わる主力装備の座を地球連邦軍の中に占めていた。

先んじて開発に成功したのはジオン公国で、その存在は開戦劈頭《へきとう》、国力において圧倒的に劣るジオン軍に優勢をもたらしたものだが、一年戦争の記憶が薄れかけている現在、そんな故事は歴史書の片隅に記される事項でしかない。数年後、いまはジオン共和国と呼ばれるサイド3が自治権を放棄し、連邦政府に帰順すれば、人々はジオンという名前そのものを忘れ去るだろう。スペースノイドの自治権要求運動も、階級闘争の熱も、ジオニズムの衰退《すいたい》とともに行き場をなくし、この暗く冷たい宇宙に放散してゆくのだろう。

時に、宇宙世紀００９６《ダブルオーナインティシックス》――革命の熱が過ぎ去り、諦念《ていねん》の風が吹く宇宙《そら》は、星の光も冷たい。

「……『ラプラスの箱』を開ける時が来たのだ」

その冷たさを心身に受け止め、サイアムは口を開いた。「このままスペースノイド独立の気運が失われれば、地球圏は逼塞《ひっそく》する」

「ですが、それはこれまで以上の混乱を世界にもたらすかもしれません」

カーディアスが冷静な声を差し挟む。虚空の只中《ただなか》にあるベッドの傍らに立ち、その長身は死の床に立ち会う牧師にも、死神のようにも見えた。サイアムは微《かす》かに口もとを緩め、

「永遠の停滞の中で、緩やかに死んでいくよりはいい。『ラプラスの箱』を、それを託すに足りる者に手渡すことができたなら、守人たるわたしの役目も終わる……。子や孫が老いてゆくさまを見る不自然は、そろそろ終わりにしたい」

それを託すに足りる者。口にしてみて、自分はそうではなかったとサイアムは再確認する。自分にも、このビスト財団にも、待つ役割しか与えられていなかった。『箱』の魔力の恩恵に与《あずか》り、世界を動かすほどの力を手にしながら、『箱』を託すに足りる者を待ち続けた中継役。文字通り、ただの守人に過ぎなかった。

あれからほぼ一世紀を経て、その者が生まれ出る兆候は見え始めている。宇宙という新しい環境を得て、人は現在を超える力を手にしつつある。百年前、あの〈ラプラス〉に集った人々が予測したよりも、ずっと早く。我々の中に眠る内なる神……可能性という名の神の祝福を受けた者たちが、数百ものスペースコロニーの中で胎動している。

その者——ニュータイプ。ジオニズムに語られた人の新しいかたち。彼らにならきっ

と『箱』は開けられる。可能性の獣たる《ユニコーン》にまたがり、『箱』の中身をより よく人に示すこともできよう。あの〈ラプラス〉で紡がれた贖罪《しょくざい》の祈りをいまに繋《つな》げ、宇宙世紀の歪みを正してもくれるだろう。

無論、確証はない。甚《はなは》だ乱暴なやり方であることも承知している。しかし、もはや時はないのだ。手遅れになる前に行動を起こさねばならない。世界が完全に逼塞する前に。可能性という名の神が死に絶える前に。次の冷凍睡眠には耐えられないだろうこの体が朽ち果てる前に……。

「わたしを、赦《ゆる》すか？」

しょせんは、己の独善。一方で自覚する重い不実に押しひしがれ、サイアムは最後にそう言った。

「これで、ひとつの世界が終わるかもしれないのです。わたし以外、誰があなたを赦せるというのです？」

カーディアスの返答は明瞭《めいりょう》だった。不実も、苦痛も、その一瞬に色を失い、ただ身内という確かな実感が骨身を熱くするのを覚えたサイアムは、応《こた》える言葉もなく壁面の地球に目のやり場を求めた。

赦すと言うか、このわたしを。ビスト一族に課せられた百年の沈黙を守るために、我が子さえ手にかけた鬼畜を。おまえの父親を奪った人でなしの祖父を。独善かもしれない想いに従い、この世界そのものを混沌《こんとん》に導こうとしている男を――。

地球は、夜明けの最中にあった。長大な弧を描く輪郭の一端に太陽の光が生まれ、白い閃光《せんこう》が大気の筋を浮かび上がらせると、夜の中に沈んでいた青が鮮やかによみがえってゆく。

その光はサイアムが横たわるベッドを照らし、カーディアスを照らし、折り重なったひと塊の影を床に押し拡げた。室内にわだかまる不実さえ焼き尽くすような強い光、微かに滲《にじ》んで見える光を浴びながら、サイアムは再び眠りに落ちた。

Sect.1　ユニコーンの日

1

船内警報《アラーム》が鳴っていた。その耳障りな音色が肌を粟立《あわだ》たせる一方、頭の芯《しん》を冴《さ》え冴えと冷たくしてゆくのを感じながら、少女は壁の一画に設けられた小さな舷窓《げんそう》に顔を寄せた。

透明な窓を形成する有機プラスチック板の向こうは、真空の宇宙《そら》だ。いまは地球も月も視野に入らず、満天にちりばめられた星の光が静謐《せいひつ》な常闇を彩っている。この船はかなりの速度で進んでいるはずなのに、窓外の星の光は微動だにしない。まるで静止した闇の中に閉じ込められているかのようだった。

子供の頃、その不思議の理由がわからずに、侍女《じじょ》を質問責めにしたことがあったと少女は思い出す。忍耐強い侍女のラミアは、笑みを絶やさずに答えたものだった。それはね、姫様。星があんまり遠くにあるから、私たちが動いたことに気づかないのですよ……。

大人のごまかしではあっても、誠意のないごまかしではない。十六歳になったいま、それくらいの判別は少女にもついた。ラミアは良い侍女だったが、亡くなってすでに十年近く経つ。すべてが不思議に包まれていた子供時代も、記憶の彼方《かなた》に追いやられて久しい。〝姫様〟と呼ばれていた何者か——自分という人間が背負う過去そのものも、これからしばらくの間、消し去っておかねばならないと少女は思っていた。

だから、いまは名前はいらない。行くべきところに行き、会うべき人に会うために、この船に密航した無名の存在。それだけで十分だ。

（ミノフスキー粒子、戦闘濃度散布いそげ！）

（敵艦は一。クラップ級と推定）

（ただのパトロールじゃない。当たりをつけて、この宙域を張ってた連中だ。モビルスーツが出てくるぞ。気を抜くな）

船内放送を介して、オープンになった無線交話が耳に飛び込んでくる。電波を撹乱《かくらん》し、レーダーなどの電子機器をことごとく無力化するミノフスキー粒子が散布されていても、船内であれば問題なく交話はできる。機関の低い唸《うな》りに混じって錯綜《さくそう》する声の中に、この船の船長《キャプテン》であるスベロア・ジンネマンのだみ声を聞き取った少女は、あらためて窓外の暗黒を凝視した。

つい先刻、ピンク色の光軸が窓の外を走ったのを見た。メガ粒子砲の光。ミノフスキー物理学の発展によって実現した、大出力の粒子ビーム兵器がもたらす光だった。この船を追跡している地球連邦軍の艦が撃ってきたのだろう。停船命令を無視した上に、ミノフスキー粒子をばらまきながら増速したのだから、次は威嚇射撃では済むまい。民間の貨物船が出せる速度でないことは、向こうもとっくに気づいているはずだ。

亜光速で飛来するメガ粒子の束は、直撃すればこの船の装甲をあっさり貫通する。至近距離をかすめただけでも、飛散した高熱の粒子が隔壁《かくへき》に穴を開けないとも限らない。薄暗い船室の壁を蹴《け》り、少女は部屋の一画にあるロッカーの方に体を流した。無重力環境に対応するよう、収納物を固定するバンドが鈴なりになったロッカー内には、密航する際に持ち込んだ三日分の携帯食糧《けいたいしょくりょう》と水、それに一着の宇宙服《ノーマルスーツ》が収まっていた。

引き出した勢いで体を一回転させつつも、無重力を利用して素早くノーマルスーツを着込む。この船室は普段から使われておらず、備品用の倉庫にあてがわれているから、船体が損傷すれば真っ先に生命維持システムから外される。そうなったら一瞬で真空になるか、壁や床に固定された備品ごと凍結するか。壁に穴が開き、外に吸い出される最悪の想定だけは考えないようにして、少女はバイザー面の大きい作業用ノーマルスーツのヘルメットをかぶった。

(敵艦、高熱源体を射出。数は二。急速に近づく)

(モビルスーツか)

(『ゲタ』を履いている模様。接触予測、Tマイナス三二〇)

(暗礁宙域《あんしょう》に入る前に追いつかれるな……。よし、マリーダを出せ。ハエを追い払ってもらう)

貨物船の乗務員《クルー》という肩書きとは裏腹に、誰もが実戦経験を持つ船橋要員《ブリッジ》の声は冷静だった。今頃は全員がノーマルスーツを着用し、赤色灯に塗り込められた戦闘ブリッジに移動しているに違いない。航空機の操縦室に似た狭苦しいブリッジで、キャプテン・シートに巨体を収めるジンネマンの髭面《ひげづら》を思い浮かべた少女は、彼らに自分の存在を伝えた方がいいか？　とちらり考えた。戦闘が始まるなら、より安全な防護区画にいるに越したことはない。密航の事実が明らかになれば、自分は無条件でそこに移動させられるだろう。ここで誰にも気づかれずに死ぬような羽目になったら、それこそ犬死にというものではないか。

いや――だめだ。自分の密航を知れば、ジンネマンは予定を変更して〈パラオ〉に引き返してしまうかもしれない。引き返さないまでも、自分を拘束して厳重な監視下に置くぐらいのことはするはずだ。それでは目的が果たせなくなる。行くべきところに行き、会うべき人に会うことができなくなる。そしてその結果、より多くの人が犬死にすることになる。

これが唯一のチャンスなのだ、と少女は内心に言い聞かせた。軽率な行動であることは自覚している。が、他に方法はない。地球圏が再び戦火に包まれ、幾万もの人々が犬死にする事態を防ぐには、こうするしか……。

〈《クシャトリヤ》、発進準備よし〉

〈目標、接近中の敵モビルスーツ。母艦は無視しろ。この《ガランシェール》の船脚《ふなあし》なら

十分に振り切れる）

ジンネマンの野太い声に、（了解）と応じた女の声が涼やかに耳朶《じだ》を打つ。マリーダ・クルス。自分とさして歳の変わらない、無口が身上の女性パイロットの横顔が脳裏をよぎり、少女はもういちど窓に顔を寄せた。天の川の銀色の帯が視界の片隅に見え、その膨大な鱗粉《りんぷん》のような光が網膜に焼きついた一瞬のあと、いきなり閉じたシャッターが窓を塞《ふさ》いだ。この船――《ガランシェール》が戦闘態勢に入り、すべての窓に防護シャッターが下ろされたのだった。

裏面がスクリーンになるのはブリッジの窓だけで、船室の防護シャッターにはそんな気のきいた機能はない。少女は壁から離れ、備品の箱の隙間に体を埋めた。常備灯のかぼそい光だけが頼りの薄闇の中、備品用のバンドに両腕をしっかりと巻きつけ、ヘルメット内を飛び交う無線交話に意識を集中する。

どうせ死ぬ時は死ぬのだ。外を見て無闇に怯《おび》えるくらいなら、確実な情報だけを拾って事態に対応した方がいい。冷たく冴えた頭の中に呟《つぶや》きながら、少女はノーマルスーツに覆われた両膝《りょうひざ》をぎゅっと抱え込んだ。

寒い、と思う。ノーマルスーツの生命維持装置では調節できない、心身の奥底まで冷たくする寒さ。幼い頃から戦場に接し、恐怖を麻痺《まひ》させることを覚えた体が、その代償のように訴える寒さだった。物言わぬ備品のひとつになり、少女は目を閉じて寒さが行き過ぎるのを待った。

※

航宙貨物船《ガランシェール》。全長百十二メートルの船体はほぼ三角錐《さんかくすい》の形状をしており、最大貨物積載量は五百トンを超《こ》える。先端に張り出した航空機の機首に似たブリッジ、空力に配慮した船体の形状から窺《うかが》えるように、大気圏内においても飛行能力を有し、宇宙と地球の往還輸送便としても機能する。かつてはどこの運輸会社でも使用していたものの、昨今ではあまり見かけなくなった旧式の船だ。

ブリッジ側面にペイントされた『リバコーナ貨物』の社名が示す通り、《ガランシェール》の船籍も民間の運輸会社に登録されてはいるが、実情はいささか異なる。いま、その船体の後部ハッチがせり出し、スライド式の貨物用ハンガーが音もなく展張した。三角錐の底面から引き出されたそれは、三本の支持フレームに支えられた荷揚用のリフトであり――本来、貨物が搭載されるべきそこには、人型と思《おぼ》しき巨大なマシーンが固定されていた。

末端肥大気味の太い四肢と、腰の前面に張り出した嘴《くちばし》状の装甲。鶏冠《けいかん》とも角とも取れる長い突起を天に伸ばし、単眼式《モノアイ》の光学センサーが一つ目のように見える頭部。全長二十メートルに達する人型の本体に、それと匹敵する大きさのバインダーを四枚、肩口から翼のごとく生やした濃緑色のマシーンは、巨人と呼ぶには異形でありすぎ、他の形容をするには人型の生々しさを持ちすぎていた。この時代、主力兵器の地位をほしいままにしている人型機動兵器――モビルスーツの中にあって、なお異形と呼ぶに相応《ふさわ》しい形状を持つ機体。その腹部には、しかし多くのマシーンがそうであるように操縦席があり、何重もの装甲に覆われた球形のコクピットの中で、ノーマルスーツに身を包んだパイロットが操縦桿《そうじゅうかん》を握る姿があった。

「目標捕捉《ほそく》。『ゲタ』を捨てて三つに分かれた。《ジェガン》にしては脚の速いのがいる。特務仕様かもしれない」

コクピットの内壁《ないへき》に投影《とうえい》された全天周《オールビュー》モニターの一画、別ウィンドで表示された照合データを目の端に捉《とら》え、マリーダ・クルスは抑揚《よくよう》なく告げた。（出会いは偶然じゃないってことだ）とジンネマン船長の声が無線ごしに応じる。

（あと十分で暗礁宙域に入る。片付けて帰ってこい）

「了解、マスター」

マスターはよせ、という習い性の応答は返ってこず、いつになく緊張しているジンネマンの息づかいがマリーダの鼓膜を震わせた。連邦軍の艦とかち合う羽目になったのは、彼らがめずらしく熱心なパトロールをしていたからだが、それにしても規定の航路を航行中の貨物船を呼び止め、わざわざ臨検をかけようというマメさは尋常ではない。挙句、特務仕様のモビルスーツが出てきたとなれば、連邦軍は先からこの宙域に張り込んでいたとしか思えず、向こうはこちらの正体と目的を知っている。どこから情報が漏れたのか推測し、次のことを考えねばならないのがジンネマンの立場だった。

そう、次のことだ。ジンネマン……マスターが、いま現在のことを思い煩《わずら》う必要はない。そのために自分がいると再確認しつつ、マリーダは左右の操縦桿に——五本の指がフィットする半球状のアームレイカーに——手を載せた。

「マリーダ・クルス、《クシャトリヤ》。出る」

ハンガーの拘束具が外れ、異形のモビルスーツ——《クシャトリヤ》のぼってりとした機体が静かに降下する。降下、という言い方は、天地のない宇宙空間では正しくないのだが、ハンガーに吊《つる》されていた機体が船の真下に放出される感覚はそのようなものだ。小刻みに姿勢制御バーニアを焚《た》き、《ガランシェール》の船体下面に移動したマリーダは、船との相対距離が百メートルを超えたところでフットペダルを踏み込んだ。四枚のバインダーに装備されたメイン・スラスターが一斉に白色光を発し、《ガランシェール》の慣性運動から抜け出した《クシャトリヤ》が反転すると、後方から接近する目標との距離を一気に詰めていった。

直径一・五メートル程度の球体であるコクピットの内壁、周囲三百六十度を取り巻くオールビューモニターの映像が流れ、星の光の奔流がマリーダの網膜を刺激する。傍《はた》から見れば、その光景はマリーダの座るパイロット・シートが忽然《こつぜん》と星の海に浮かび、自在に宇宙を翔《か》けているように映えたが、周囲に投影された宇宙は実景のそれではなかった。方位の道標になる星座の光を強調し、実景より明るめに処理されたコンピュータ・グラフィックス《CG》の宇宙だ。

その一画に拡大投影された目標の数は、三つ。光学センサーが捉えられるぎりぎりの距離であるため、まだ粗《あら》いCGでしかないが、照合データに表示されたRGM－89の型式ナンバーは明瞭《めいりょう》に読み取れる。地球連邦軍の主力モビルスーツ、《ジェガン》だ。三機のうち、先行する一機は型式ナンバーの末尾にSが付く特務仕様で、後続の二機は『ゲタ』を捨て、徐々に散開しながらこちらとの距離を詰めつつある。『ゲタ』とはモビルスーツが長距離進攻の際に用いるサブ・フライト・システムの俗称で、ベッドのように扁平《へんぺい》な機体の上下にモビルスーツを載せ、作戦宙域まで搬送する役目を担う。まさにモビルスーツの足代わりとなる小型艇だが、『ゲタ』という俗称の語源はマリーダも知らなかった。

手に手に主武装のビームライフルを携え、取り囲むように接近する三つの敵——ビームの射程外から包囲し、三方向から狙撃《そげき》するつもりでいる敵の思惟《しい》を感じ取ったマリーダは、長引くとまずいと最初の判断を下した。《ジェガン》三機を相手にするのは造作もないが、一機でも抜かれれば《ガランシェール》の守りがおぼつかなくなる。自信も気負いもなく、ただ目前の状況に対処する頭のみを働かせたマリーダは、自機に急制動をかけた。

　四枚のバインダーが一斉に前に振り出され、メイン・スラスターが逆噴射の炎を閃《ひらめ》かせるや、《クシャトリヤ》の機体が秒速から分速、時速で数えられるレベルにまで減速する。眼球が飛び出しそうな減速加重《G》を背中で受け止め、逆流した血が指先を膨らませる不快感に耐えながら、マリーダは「ファンネル」と口中に呟いた。

　バインダーの内側で複数のスラスター光が閃き、全長二メートル程度の小振りな物体が八機、四枚のバインダーから二機ずつ射出される。慣性運動に従い、《クシャトリヤ》の周囲につかのま滞空したそれは、すぐに自らのスラスターを焚いて動き始め、あたかもミサイルのごとく目標に猪突していった。

　その名の通り、漏斗《ファンネル》に似た円錐形の筒が群れを作り、分散して、まだ射程外に位置する《ジェガン》たちに襲いかかる。自動制御でも、機械的に遠隔操作されているのでもない。ミノフスキー粒子下の戦場では、電波による誘導はもちろん、コンピュータ任せのピンポイント攻撃も望めない。ファンネルは、パイロットの脳波制御で機動する小型の移動砲台とでも呼ぶべき兵器だった。

　サイコ・コミュニケーター——サイコミュと呼称される脳波伝導システムがパイロットの脳波を拾い、増幅して、子機であるファンネルに指示を送り込む。脳波は感応波とも呼ばれ、ミノフスキー粒子を振動させる性質があるから、通常の電波と違って攪乱《かくらん》される心配もない。パイロットにその能力があれば、ファンネルは現代の戦場で無類の兵器となる。ミノフスキー粒子の発見によってすべての電子兵器が無効になり、モビルスーツという鎧《よろい》に身を固めて接近戦を挑むよりなくなった戦場で、文字通りの〝飛び道具〟として機能し得る。

無論、誰にでも扱える代物ではない。改良が重ねられてきたものの、サイコミュはパイロットの心身にかなりの負荷を与える。が、マリーダは誰よりも上手《うま》くそれを操ることができた。正確には、できるように造られていた。

二手に分散したファンネルが、渦を巻いて後続の《ジェガン》二機に襲いかかる。あまりにも小さく、宇宙塵《デブリ》と誤認されがちなファンネルは、光学センサーで捕捉しても実体を捉えきれない。姿勢制御バーニアを噴かし、小刻みに移動するファンネルが《ジェガン》にまとわりつき、その筒先からビームを迸《ほとばし》らせる。メガ粒子のエネルギー束がピンク色の筋を引いて閃き、まだ敵の接近に気づいてもいない《ジェガン》に四方から突き刺さる。小型の充電式バッテリーしか持たないファンネルのビームは出力が低く、弾数も多くはないが、それでもモビルスーツの装甲を貫く程度の威力はあった。突然の攻撃を受けたパイロットが動揺し、あたりかまわずビームライフルを撃ち散らすのをよそに、ファンネルのビームがじわじわ《ジェガン》の機体を傷めつけてゆく。被弾箇所から伝導液の血を噴き出させ、《クシャトリヤ》よりスリムなライトグリーンの機体が身悶《みもだ》えすると、巨鯨を狩るシャチの群れとなったファンネルが一斉に襲いかかり——。

一つ、二つ。彼方《かなた》に咲いた爆発の光輪を確かめるまでもなく、二機の《ジェガン》が四散したことを感知したマリーダは、残る特務仕様機に意識を凝らした。後続機が消滅しても減速の気配を見せず、まっすぐ相対距離を詰めてくる。新たにファンネルを出す必要もないと判断したマリーダは、再び《クシャトリヤ》を前進させた。

より人型に近いボディに、増加装甲やブースターを装備した特務仕様機のシルエットがセンサーに捕捉される。こちらの射程に入るより早く、その手にする無反動砲が一閃《いっせん》し、口径三百八十ミリの実体弾が《クシャトリヤ》に迫る。ハイパーバズーカと呼ばれるそれは、通常の無反動砲をそのままモビルスーツ大に拡大したもので、弾速が遅い欠点はあるものの、直撃時の破砕力はビーム兵器より大きい。この時は散弾が用いられ、起爆と同時にまき散らされた数百の鉄球が《クシャトリヤ》に振りかかってきたが、事前に弾道を読んだマリーダは最小限の動きでそれを回避した。特務仕様機のパイロットも回避《かいひ》されるのを予想していたらしく、散弾をめくらましに使うと、姿勢制御バーニアを噴かして《クシャトリヤ》の上を取る挙動を見せた。

そこから先は、人型の兵器が重宝される理由を証明するかのような、この時代によく見られる典型的なモビルスーツ戦になった。バズーカの散弾をさらに一発撃ち放ち、併せて両肩に装備したミサイルを射出した特務仕様の《ジェガン》に対し、《クシャトリヤ》はメイン・スラスターを点火して上方に移動。飛来するミサイルをぎりぎりの距離で躱《かわ》した直後、四枚のバインダーを水平に展開し、機体を回転させながらほぼ直角に進行方向を転じた。《ジェガン》の移動軌道を読み、そのずんぐりした巨体が先回りを企図して漆黒の宇宙を滑る。

真空の宇宙空間では、方向転換をしようと思えばバーニアの噴射に頼るしかないが、モビルスーツにはもうひとつ、AMBAC《アンバック》システムと呼ばれる姿勢制御法がある。宇宙は無重力であっても、物体の質量そのものが消えることはない。一トンの質量を動かすには一トンの力がいり、これに運動エネルギーが加わればその分の力も質量に加算される。この作用反作用の物理法則を利用し、能動的に質量を移動させることで機体の姿勢制御を行う——すなわち、モビルスーツの手足を任意に動かし、その勢いで姿勢を変えるのがAMBACシステムの原理で、同時代の兵器の中でモビルスーツが一頭地抜きん出るに至った最大の理由のひとつだった。

太い四肢に加え、四枚のバインダーを巧みに動かして姿勢を転じる《クシャトリヤ》が、複雑な軌道を描いて《ジェガン》に近接する。両機の発するバーニアの光が瞬いては消え、宙を舞う二つの人型が踊るようにすれ違い、ミサイルの爆光が互いの光学センサーに反射して閃く。その爆発を背に、マリーダは敵機との距離を一息に詰めた。《クシャトリヤ》のバインダーが花弁のように展開し、その中央にある頭部のモノアイがぎらりと輝く。遠目に見れば、それはまさに人型の本体を茎《くき》とする巨大な花だった。鋼鉄の花弁をバーニア光で飾り、爆発の衝撃波を受けて舞う、宇宙に咲くもっとも凶暴で美しい花。

それが《ジェガン》の光学センサーを覆うバイザー面に映え、二つの人型が数十メートルの距離にまで近づく。光学センサーで捕捉《ほそく》できる距離——宇宙では至近と表現するべき距離まで近づき、ショートレンジで撃ち合わねばならないミノフスキー粒子下の戦場では、機体同士が接触するのもめずらしいことではない。そして、そうした瞬間に、極めて原始的なやり方で雌雄を決するのも、モビルスーツが人型である所以《ゆえん》だった。

《ジェガン》とすれ違いざま、マリーダは火器管制をビームサーベルに切り替え、照準のレティクルをその腹部に重ね合わせた。《クシャトリヤ》の手首に相当する部位からビームサーベルのグリップがスライドし、五本の指を持つマニピュレーターがそれを保持する。グリップから粒子ビームが発振され、十数メートルに及ぶ刀状の放射束を形成すると、文字通りサーベルとなったビーム束が《ジェガン》の腹部に打ち込まれた。《ジェガン》もビームサーベルを引き抜こうとしたようだが、遅すぎる反応だった。厚さ三十センチのチタニウム鋼を、一秒未満で切断する光の剣が《ジェガン》の腹部を溶断し、鋼鉄が溶ける衝撃に近い音が機体の振動を介してマリーダに伝わった。

（『袖付《そでつ》き』め……！）

同時に聞こえたパイロットの声は、無線の混信によるものか、聴覚以外のなにかが捉《とら》えたものか。いずれにせよ、先の言葉はなかった。《ジェガン》の装甲を切り裂き、コクピットにまで達したビームサーベルは、パイロットを瞬時に蒸発させ、機体そのものを両断した。内蔵する熱核反応炉を誘爆させることなく、腰から切断された《ジェガン》の機体は、そのまま慣性運動に従って漂い出した。焼け焦げた切断面から火花を爆《は》ぜらせつつ、それは『袖付き』と呼ばれた敵機の脇をすり抜け、無言で遠ざかっていった。

ビームサーベルの発振を収め、マリーダも無言で敵の残滓《ざんし》を見送った。ビームサーベルのラックを備えた《クシャトリヤ》の手首には、翼を象《かたど》った紋章が刻まれており、普通の服で言うところの袖飾りに見える。マリーダの所属する組織のモビルスーツに見られる共通の意匠で、それゆえ『袖付き』なる仇名《あだな》を連邦軍から頂戴《ちょうだい》しているのだったが、マリーダにはどうでもいいことだった。

いや、仇名どころか、反地球連邦を標榜《ひょうぼう》する組織の理念も、今回の任務の中身さえどうだっていい。人は考え、好奇心を持つ動物だというが、少なくとも自分には当てはまらない定義だとマリーダは思っていた。男が男、女が女として生まれるように、マリーダ・クルスという人間はパイロットとして生まれた。だからそのように振る舞い、そのように生きる。マスターの命令通り、敵機は仕留めた。彼らの母艦が追いつくより早く、《ガランシェール》は暗礁宙域に逃《のが》れられるだろう。あとは一刻も早く帰投して、《クシャトリヤ》の損傷確認と整備、補給。それが済んだら、次の出撃に備えて休めるようなら休んでおく。

他にはなにもないし、考えることもない。そんな自分を不自然だとは思わず、哀しいとも思わないのがマリーダだった。

しかし——戦闘が終わった直後、集中の反動のように精神が放散するこんな時は、空っぽの心にもなにがしかの疼《うず》きがわき起こる。戦闘中に押さえ込んでいた感情が目を覚まし、不快だと訴えて頭を重くする。ファンネルの火線が敵機を貫いた時、サイコミュが逆流したかのように感応波が乱れ、パイロットの末期《まつご》の叫びが脳内に滑り込んできた不快。特務仕様機を両断した時、まるでこの手でパイロットを斬ったかのごとく、死の直前の肉の痙《けい》攣《れん》が心身を共振させた不快……。ファンネルを回収したあと、マリーダはオールビューモニターのモードを切り替え、実景の宇宙を周囲に投影させた。

ついでにノーマルスーツのヘルメットをぬぎ、うしろにまとめた髪をほどく。腰まで届くストレートの髪がふわりと広がり、十八歳の年齢相応に健やかな色艶《いろつや》が眼前で揺れたが、マリーダの目はその向こう、視界を埋め尽くす巨万の星空に注がれていた。

よほどの理由がなければ、モビルスーツのコクピットに実景の宇宙が投影されることはない。目標が捕捉しにくいだけでなく、パイロットがパニックを引き起こす危険性があるからだという。実物の宇宙はそれほどに暗く、深く、存在を呑《の》み尽くす虚無を湛《たた》えていたが、マリーダはこうするのが好きだった。

船に帰投するまでの少しの間、ヘルメットをぬぎ、全身の力を抜いて、茫漠《ぼうばく》と広がる虚空に身を浸す。そうしていると体内に澱《よど》んだ不快が洗い流され、星の光ひとつひとつが聞いたことのない音を奏でて、ここではないどこかに連れていってくれるような気がする。そこには戦争もなく、不快もなく、人はノーマルスーツを身につけずに、体ひとつで自由に宇宙を泳ぐことができるのだ。

無論、そんな場所は実在しない。このコクピットの外には人の生存を許さない真空の空間が広がり、さまざまな問題を溜《た》め込んだ現実の世界——地球圏と呼ばれる人の生活圏が広がっている。マリーダは、《クシャトリヤ》のメインカメラを動かし、ここからはテニスボールほどの大きさに見える地球を正面に入れてみた。

多くの宇宙移民者《スペースノイド》がそうであるように、いまだ一度も足を踏み入れたことがない地球。その青い球体の前に黒ずんだ霞《かすみ》がうっすら浮かび上がり、目的地が近いことをマリーダに伝えた。地球と月の重力均衡点、ラグランジュ・ポイントに浮かぶそれは、過去の戦争が産み出したゴミの吹き溜まり。崩壊したスペースコロニーや、宇宙船の残骸《ざんがい》が無数に漂う暗礁宙域だ。

五つあるラグランジュ・ポイントに、サイドと呼ばれるスペースコロニーの集落を作り、人類のほとんどが宇宙で生活するようになって百年近く。幾度か起こった大規模な戦争の傷痕《きずあと》は深く、目前の暗礁宙域もそのひとつとしてある。かつてサイド5と名づけられていた頃の面影は微塵《みじん》もなく、凍《い》てついた残骸が無尽蔵に漂う宇宙の墓場——その奥に、マリーダたちが目指す目的地〈インダストリアル7〉があるはずだった。

いまはまだ、膨大な破片群の中からその姿を見出《みいだ》すことはできない。代わりに先行する《ガランシェール》の船体を捉えたマリーダは、追手の有無を再確認してから《クシャトリヤ》に加速を促した。熱核ロケット・エンジンの轟音《ごうおん》が機体の振動になって伝わり、不快を残した体にぐんとGがかかる。うしろに引っ張られたヘルメットがモニターの壁に当たり、こつんと軽い音を立てた。

※

あ、今日もずれている――。目覚めた瞬間、バナージ・リンクスはそう思い、次いでバイブレーションにセットしておいた目覚し時計を止めた。

抱きかかえて眠っていたせいで、すっかり温まった時計に午前四時二十分の時刻を確かめ、そろそろとベッドから抜け出す。窓の外はまだ暗い。ベッドと机、ドレッサーを二組ずつ入れれば満杯になる寮の二人部屋も、夜を引きずって静まり返っている。時計の秒針の音しか聞こえない静寂の中、ルームメイトのタクヤ・イレイは隣のベッドで高いびきだ。

男二人の同居部屋が清潔であるはずもなく、床にはぬぎ散らかした服やら空き缶やらが散乱していたが、ちらかり放題にもそれなりの秩序はある。暗闇の中でシャツとジーンズをひっつかみ、電気をつけずに床に降り立ったバナージは、忍び足でバスルームに向かった。朝の身支度をぱっぱと終えてから、洗面台の鏡を覗《のぞ》き込む。

焦げ茶色の瞳《ひとみ》に、遠く東洋の血を受け継いだ色みがかった肌。のばしっぱなしの髪は瞳と同じ色で、手間をかけなくてもさらりと流れてくれる。なんの変哲もない十六歳の男の顔、凡庸《ぼんよう》を絵に描いた自分の顔を前にして、『ずれている』と訴える感覚が再び頭をもたげかけたが、それも着たきりスズメのジャンパーを羽織るまでのことだった。

青地の難燃繊維に、『AE』のロゴマークが浮き立って見える。アナハイム・エレクトロニクス工業専門学校の実習用ジャンパーには、母体であるアナハイム社のロゴマークが左胸の部分に記されていた。実習課程の時以外に着る代物ではないが、バナージは余分に購入したジャンパーに手を加え、普段着に使うようにしている。主な改修点は襟まわりに取りつけたベルト式のフック。背中にプリントされたアナハイム工専のイニシャル、AEICのロゴも野暮ったいので消した。無論、自分でお裁縫などという殊勝な話ではなく、行きつけの古着屋に頼んでのことだ。

それを着ると、足場の定まらない、『ずれている』としか言いようのない感覚は多少鳴りを潜め、アナハイム・エレクトロニクスという大企業の末端にいる現実感が押し寄せてくる。ぱんぱんと軽く頰を張ってから、バナージはバスルームを出た。いまだ眠りの最中にあるルームメイトの様子を確かめ、音を立てずにドアの方に向かうと、床に転がるバスケットボール大の物体に足を引っかけてしまい、間の抜けた電子音が足もとでわき起こった。

（ハロー、バナージ。ハロー、バナージ）

球体のボディに仕込まれた二枚の円盤を耳のようにはね上げ、蹴《け》られたショックで起動したハロが合成ボイスを張りあげる。自力で転がり出したハロを押さえ込み、「ハロ、静かにしろ」と低く怒鳴りつけた時には遅かった。頭まで布団をかぶっていたタクヤがもそもそと動き出し、すっかり外出の支度を整えているバナージと目を合わせるや、布団をはねのける勢いで上半身を起こしていた。

「てめえ、バナージ！　抜け駆け禁止条約はどうした！」

縮れた茶髪を寝癖で乱したタクヤが、口もとのよだれを拭《ぬぐ》うのも忘れて叫ぶ。気さくな兄ちゃんが売りの男とはいえ、これを見ればさすがに女子人気も引くだろうと思えるルームメイトの寝起き面だったが、気にする余裕はなかった。「タクヤだって、時計の針を五分進めてるだろ！」と言い返しつつ、バナージはハロを抱えて部屋の外に出た。寮の玄関口にハロを放《ほう》ってから、昨夜のうちに買っておいたサンドイッチを頬ばる。ボールの見てくれそのままに、ハロは元気よくバウンドして勝手に玄関の自動ドアをくぐり抜けた。

寮と隣接《りんせつ》する校舎の横を行き過ぎ、校庭から道路に続く階段を駆け降りた先に、電気自《エレ》動車《カ》の駐車場がある。複数の駐車場をコンピュータが管理し、利用率の高い場所に自動的に配車されるシステムで、IDカードさえあれば誰でも利用することができる。バナージはサンドイッチをくわえたまま、オープントップの二人乗りエレカに乗り込んだ。IDカードをスロットルに挿入してスターターボタンを押し、ハンドルを握ると同時にアクセルを踏み込む。

（行儀悪イゾ、バナージ）

片手にサンドイッチ、片手にハンドルのバナージを認識したのか、二つ並んだ光学センサーを赤く点滅させたハロが言う。球形のボディに初歩的な人工知能《AI》を搭載したハロは、もともと児童用に売り出されたマスコット・ロボットなので、このような喋《しゃべ》り方しかできない。シニア・ハイスクールに相当する工専の学生が持つような玩具《おもちゃ》ではないのだが、バナージはこれにも独自の改良を加え、ペット代わりに連れ歩くようにしていた。

夜明け前の道路は閑散としている。バナージはサンドイッチを呑み下し、エレカのフロントガラスごしに頭上を振り仰いだ。夜空を切れ切れに漂う雲を透《す》かして、遠く瞬く無数の光が見える。星の輝きに似ているが、そうではない。終夜営業の店舗や工場、ビルの窓から漏れる常夜灯の光。ここからはちょうど反対側に位置する街の灯だった。約六千メートル上空で瞬く光の絨毯《じゅうたん》は、緩やかな弧を描いて満天を埋め尽くし、道路沿いのビルごしに窺《うかが》える前方の空まで地続きに連なっている。反対側に位置する街の住人が空を仰げば、このエレカのヘッドライトや、周囲の街灯の光が星のように見えているはずだ。

巨大な円筒の内壁に人工の大地がへばりつき、その上に住宅やオフィス、公園など〝街〟を構成する要素が造られている。スペースコロニーの光景はどこも似たり寄ったりなものだった。直径六・四キロの円筒は常に一定の速度で回転し、内壁の街に遠心力を生じさせ、住む者に地球のそれとほぼ変わらない重力——約1Gを体感させる。内壁にタイルのように張り合わされた人工の大地、いわゆる地盤ブロックは幅三・二キロ、奥行一・六キロという大きさなので、地面が内壁に沿って湾曲して見えるということもない。地盤ブロックの継ぎ目に若干の傾斜が見られる程度だ。

昼夜はコロニーに外付けされたミラーか、もしくは円筒の中心を縦貫する人工太陽によって再現されており、これは気温を調節して四季を作り出す役にも立つ。時刻設定は基本的にグリニッジ標準時で統一されており、気候も地球の北半球に準拠。観光用などの特別な目的がない限り、この基準は全サイドのコロニーに適用される。四月七日、午前四時三十分を過ぎた現在、だからコロニー内の気候は暑くも寒くもなく、大半の人はまだ夜の続きの中にいる。この〈インダストリアル7〉に限らず、地球圏に建設された数百基ものコロニーが同じように春を迎え、同じように夜の中にあるというわけだ——そこに暮らす百億の人々とともに。

その百億分の一であるバナージは、二ヵ月ほど前から夜の明けきらないうちに起き出し、港にあるアルバイト先に通う生活を続けていた。仕事の内容は、コロニーの外で行う〝ゴミ掃除〟。早起きはきついが、そのぶん一般教養の授業を睡眠時間に当てているのでなんとかなる。学校が始まるまでの三時間、深夜手当も付く早朝シフトの勤務は、放課後に五時間働くより割がいいのだ。

タクヤも同じバイト先に通っているが、仕事で使う性能のいいプチMS《モビ》を確保するのは早いもの勝ちで、それ次第で基本給にプラスされる歩合給の額も変わってくるから、一日の始まりはいつも抜け駆け合戦になる。陰湿な足の引っ張りあいはやめよう、と最低限の紳士協定は結んでいるものの、陰湿でなければいいとばかり、相手を出し抜く方法を工夫しているのはバナージもタクヤも同じだ。抜きつ抜かれつ、現在までの勝敗は五分五分といったところか。

全寮制の工専で衣食住を保証されていれば、必要になるのは小遣い銭がせいぜいで、二人が特に金に困っている苦学生というわけでもない。畢竟《ひっきょう》、これはゲームなのだとバナージは思っていた。ルームメイトを出し抜き、高性能のプチモビを獲得するゲーム。みんながそうするように、学業そっちのけでバイトにうつつを抜かすゲーム。学生らしい気楽さに浸り、『ずれている』感覚と向き合わないようにするゲーム……。

(バイトバッカリ。少シハ勉強シロ)

なにをどう認識したのか、ハロが奇妙に的を射たことを言う。少し見透かされたような気分を覚えつつ、バナージは「課外授業だろ」と相手をした。

「工専学生は将来のアナハイム工員なんだから、プチモビの操縦に慣れといて悪いことはない」

我ながらパターン通りの言い訳だと思う一方、そんなことをさらりと口にできる自分に満足する気分もあって、バナージはまた『ずれている』感覚を味わった。一年前には望めなかった将来、十二分に上等と思える将来を前にして、流れに乗ればいいと主張する自分がいるかと思えば、しょせんは与えられた将来でしかないと冷めている自分もいる。さりとて他にしたいことがあるわけでなく、中の上の成績を維持し、人並みに遊びながら、ただ漠然と『ずれている』と感じ続ける面倒な心理は、子供の頃からバナージにつきまとってきた持病のようなものだった。

エレカは住宅街を抜け、軽工業地区との間にある商業地区に入った。バナージはコンビニエンス・ストアの駐車場にエレカを乗り捨て、いつも通り地下鉄の駅に向かった。のんびりしているとタクヤに追いつかれると思うと、つまらない物思いも鳴りを潜め、森閑とした道路を横切る足が自ずと早くなった。

〈インダストリアル7〉は、アナハイム・エレクトロニクスが運営する工業コロニーのひとつだ。コロニー公社の管轄のもと、設備の維持管理もアナハイム社が行っており、約二百万の人口のうち、実に半数以上がアナハイムの社員とその家族で占《し》められる。残りの半分も関連企業や下請け会社の社員で占められていて、アナハイム社と無縁なのは政府の出張所に詰める役人や警察官、消防署員くらい。どのサイドにも属しておらず、自治体としての活動も行っていないので、連邦軍も駐留部隊を置いていない。まさにアナハイム社が私有する孤島のようなコロニーだった。

戦後、吸収合併《がっぺい》をくり返して膨れ上がり、『スプーンから宇宙戦艦まで』をモットーとする一大企業グループだけあって、商業地区に並ぶスーパーマーケットや、ファストフードのチェーン店もアナハイム印。映画館に行けばアナハイム・グループが出資する映画がかかり、野球場ではアナハイム社が後援するチームが遠征試合をし、住民はAEクレジットカードでそれらの料金を支払う。グループ内で金が還流し、支払った給与を回収する構造ができあがっているかのようだが、それを押しつけがましくなく、気にしなければ気にならないというふうにやってみせるのが大企業たる所以《ゆえん》だ。バナージは、そんなわけでグループ関連の広告が八割を占めるポスターを横目にしつつ、ホームに滑り込んできた地下鉄に乗った。

コロニー全体が工場の集合体のようなものであれば、二十四時間、誰かしら勤務中の人間がいるのが〈インダストリアル7〉だが、朝とも言えないこの時間に勤務交替を行う工場はない。地下鉄の車内には、酔い潰《つぶ》れた作業着姿の中年男と、厚化粧が落ちかけたホステス風の女性がいるだけで、彼女はバナージの方を見ようともせず、表情の抜け落ちた顔を窓に向けていた。車内に立ちこめる饐《す》えた香水の匂いに、捨ててきた故郷の匂いをちらりと重ね合わせながら、バナージは二人がけの座席に収まった。

三重のドアが閉まる。軽い振動とともに地下鉄が動き出し、ホームからコロニーの外壁に続くトンネルのスロープを下ってゆく。地下鉄と言っても、スペースコロニーのそれは地下のトンネルを走るものではない。コロニーの外壁に露出したレールを走るリニアカーだ。つまり、レールに吊《つ》り下げられた格好で、コロニーの外——宇宙を走ることになる。

走り始めてすぐ、スロープの途中に設けられたエアロックが後方で閉まり、続いて前方のエアロックが開放すると、その先はもう真空の宇宙空間だった。トンネル内にこもる走行音が空気と一緒に流れ去り、途端に耳が詰まったかのような静寂が訪れる中、エアロックを抜けたリニアカーは音もなくコロニーの外壁を滑り始めた。

空気抵抗がないので、少ない動力で高速走行ができる地下鉄は、コロニーでは欠かせない通勤の足だ。港に行くには〝山〟の麓《ふもと》からケーブルカーを使うか、エレカごとリフトで上がる手段もあるのだが、バナージは地下鉄の窓から宇宙を見るのが好きだった。他では味わえない解放感があるからだ。

酔うから嫌だ、という人もいる。１Ｇの遠心力を発生させるため、コロニーの円筒は約二分で一回転しているが、これは単純計算で時速六百キロを超える回転速度だ。回転軸に並行して走った場合、地下鉄から見える宇宙は絶えず横向きに流れており、乗客は高速で振り回されるバケツの底にいる気分を味わうことになる。無論、二十キロ強の長大な円周を巡りながらのことなので、見た目には星が真横に流れているのに過ぎないが、気にし始めるとコロニー内に戻ってもめまいが収まらなくなり、ひどい場合は重度のノイローゼに罹《かか》るケースもある。これはコリオリ症候群《シンドローム》と呼ばれ、移民開始初期のスペースノイドがよく患った環境病として知られていた。

が、宇宙で生まれ、コロニーの環境を当たり前にして育ったバナージたちの世代には、地下鉄から宇宙を見るのも、展望台から街を見下ろすのも、日常からのちょっとした離脱という点で変わりがない。外に出ると、いまだ建設途上にある〈インダストリアル7〉の構造がよくわかる。月と地球の狭間《はざま》、L1の共鳴軌道をめぐる暗礁宙域に浮かぶ密閉型コロニー。とんでもなく巨大な酸素ボンベといった形状のそれは、港と工場ブロックを構えた一方の筒先を地球側に向け、月側に面したもう一方の筒先にはコロニー建造ユニット、通称『ロクロ』がキャップのようにかぶさっている。竣工《しゅんこう》時には総延長三十キロに達する円筒は、いまのところ十八キロ分が完成したばかり。そう言えば、今日は新しい地盤ブロックが繰り込まれる日だとバナージは思い出した。

寮の掲示板にお知らせのポスターが貼り出してあった。〝四月七日、午後一時より新規地盤ブロックの伸張工事を実施いたします。住民の皆様にはご迷惑をおかけしますが〟云々。また新しい人工の大地が継ぎ足され、〈インダストリアル7〉の円筒が一・六キロほど伸びるというわけだ。過去の戦争が生み出した膨大なゴミ《デブリ》に紛れ、ぽつんと一基だけ浮かぶコロニー。いくら伸びてもたかが知れている、バナージの住む小さな世界の丈《たけ》が……。

そんなことを徒然《つれづれ》に考え、『ずれている』と訴える感覚が再び脳裏をよぎった時だった。窓の外を、白いなにかが高速で横切るのをバナージは見た。

星の光ではない。それは青白いスラスターの炎を幾度か瞬かせ、地下鉄の真下を斜めに横切ると、コロニーの回転速度よりはるかに速いスピードで月側の方向に飛び去っていった。ほんの一瞬、小指の先にも満たない大きさだったが、バナージには、白い残像を引いて行き過ぎる物体が人型であるように見えた。

「モビルスーツ……？」

間違いない、と思う。バイトで使うプチモビとは根本が異なる、本物のモビルスーツ。ほぼ完全に人型を模したシルエットだけでなく、頭部と思《おぼ》しき部位から生えている一本の長い角もはっきり見えた。〈インダストリアル７〉にはモビルスーツの製造プラントはないから、新型機のテストが行われているはずはない。軍が近くで訓練でもしているのだろうか？

なぜか動悸《どうき》が早まり、手のひらがじわりと汗ばんだ。それはまるで白馬を思わせる俊敏さで——いや、なにより印象に残る一本角は、単なる白馬という感じではない。大昔の伝説に出てくる神獣のイメージだ。あれはなんという名前だったか……。

その瞬間、『ずれている』世界がぴしりと引き締まり、それまで見えなかったなにかが目の前に開けたような感覚があったのだが、明文化する言葉は見つけられなかった。バナージは窓に額を押しつけ、夢中で白い機体の行方を追った。うしろの方に座るホステス風の女は身じろぎもせず、作業着の中年男は眠りこけたまま、ひとつ大きなくしゃみを車内に響かせた。

リニアカーはコロニーの円筒の端にたどり着き、レールに従ってほぼ直角に方向を転じた。コロニーの先端は圧力容器を思わせる丸みを帯びた蓋《ふた》で塞《ふさ》がれており、リニアカーはその蓋の上を移動して、中央から張り出した港ブロック——ドッキング・ベイへと向かう。もう白い機体の行方を追うことはできず、バナージは座席に腰を据え直した。フロントガラスの向こうに、ドッキング・ベイと隣接する工業ブロックの巨大な構造物が見え、圧倒的な重量感を押しつけるようにしていたが、バナージの視界には入らなかった。網膜に焼きついた鮮烈な白がハレーションを起こし、わけもなく鼓動を高鳴らせるのを感じ続けた。

そうして、すべては始まった。

※

その白い機体は、回転するコロニーの円筒に沿って虚空を飛び、ドッキング・ベイがあるのとは反対の方向、すなわち月に面したもう一方の先端に向かった。

他のコロニー同様、〈インダストリアル7〉の外壁は構造材の地の色である青みがかった銀だが、それは地球側の先端から十八キロ進んだところで途切れ、そこから先は明らかに素材が違う茶褐色になっている。コロニー建造ユニット、『ロクロ』が月側の先端からはめ込まれているためだ。

長さ十キロ弱、直径はコロニーと同じ六・四キロの『ロクロ』は、遠目には東洋伝来の湯飲みに似た形をしており、コロニーの一方の先端にかぶさっている姿は鉛筆のキャップのようにも見える。その役目はコロニーの外壁と、内壁にはめ込む地盤ブロックを同時に建造することにあり、『ロクロ』の通称通り、コロニーはこの巨大なキャップから「生えて」くる。造り終わった外壁と内壁を組み込むたび、『ロクロ』は後方にスライドし、予定の長さに達したところで切り離される仕組みだ。キャップの先端には資材の搬入口が設けられ、作業員の宿舎も存在するので、拡張工事が進む傍ら、コロニーはなんの支障もなく日常の経済活動を行うことができた。

〈インダストリアル7〉の場合、その『ロクロ』の資材搬入口——湯飲みの底に当たる部分に、別の構造物が接合され、資材の搬入はその巨大な構造物を介して行われていた。『ロクロ』の外壁をかすめ飛び、たちまち月側の先端に到達《とうたつ》した白い機体は、〈メガラニカ〉と呼称されるその構造物の前に躍り出た。

全長約六千五百メートルの細長い本体中央に、直径千六百メートルに及ぶ回転居住区を露出させた〈メガラニカ〉は、その特徴的な形状から〈カタツムリ〉とも呼ばれる。回転居住区の上下に工業プラントを張り出させ、そこに資源用の小惑星の岩盤を吸着させたさまは、あだ名に相応《ふさわ》しい生物的な趣と言えた。本体後部には核パルス・エンジンを装備しており、自航も可能という点では巨大な宇宙船と言えなくもなかったが、それひとつで資源を精製・加工し、『ロクロ』からコロニーまで造り出してしまう生産力は、エンジンを積んだ移動工場と呼んだ方が実像に近い。事実、〈メガラニカ〉にはコロニービルダーという種別が与えられており、そのスケールともども、一般の航宙船舶とは別次元の存在と認識されていた。

その〈メガラニカ〉の一画、カタツムリの頭に相当する場所には、楕円《だえん》形に張り出した司令部区画《コマンド・モジュール》がある。白い機体はその手前で減速し、AMBAC機動を駆使して身を翻すと、弓状に並ぶ窓の放列をかすめるようにして上方に抜けていった。複数の無人観測機がその姿を追い、背部のメイン・スラスターの噴射光、直線と曲線を滑らかに繋《つな》ぎ合わせた全体のフォルム、額から突き出た一角のようなマルチブレード・アンテナをカメラに捉《とら》える。それらの映像はリアルタイムで解析され、コマンド・モジュールの多面モニターに投影されて、カーディアス・ビストの目に届いていた。

直径七十メートルを超えるドーム状の空間に、各種オペレーター席が扇型に配置されたコマンド・モジュールは、大型船舶の指揮所と、基地クラスの管制センターを足して二で割ったような印象がある。ドーム空間の内壁は、窓を除くほぼ全面がスクリーンになっており、中空に展開した扇型のプレート上下に通信、機関などのオペレーター席が並ぶ。本来、木星圏開発のために造られたコロニービルダーに相応しい、大規模かつ壮麗な〈メガラニカ〉の頭脳だったが、地球圏に留まっている現在は、大半のコンソールは使われる当てもない。オペレーターの席も四分の一とは埋まっておらず、どこか閑散とした空気ではあった。

が、二十人ほどいるオペレーターたちの視線は真剣そのもので、彼らは内壁に投影された多面モニターを睨《にら》み、記録されたデータを手元のディスプレイに入力して、緊張の入り混じった熱気をコマンド・モジュール中に押し拡げている。徹夜の稼働実験が大詰めを迎えたというだけではない、『UC計画』自体が終わりに近づきつつあることを知るがゆえの熱気だ。扇の中心に位置する司令席に腰を据えながら、その興奮はカーディアスも変わらなかった。

地球連邦軍の委託《いたく》を受け、アナハイム・エレクトロニクスが極秘裡《ごくひり》に進めてきた『UC計画』は、この白いモビルスーツの完成をもって終わる。だがそれは、まったく別の計画がスタートする瞬間でもあった。

RX－0、《ユニコーン》。『UC計画』の所産は、軍もアナハイム社も感知し得ない闇の領域で生まれ変わり、百年の呪いを解く鍵《かぎ》となって旅立ちの時を迎えようとしている。可能性の獣の名を持つ機体が、世界にもたらすのは解放か、あるいは——。

「RX－0、コロニーに近づきすぎだ。地下鉄が走ってるんだぞ。乗客に見られたらどうする」

その秘密の重さを共有するオペレーターのひとりが、ヘッドセットのマイクに怒鳴り声を張り上げる。先刻、《ユニコーン》がコロニーの外壁すれすれまで近づくのを見た時には、カーディアスもさすがにひやりとしたが、それぐらいラフな神経の方がパイロットとしては信用がおけるものだ。カーディアスは苦笑して、

「彼が《ユニコーン》に乗れるのは今日が最後だ。許してやれ」

「は……」と恐縮しながらも、そのオペレーターは、容認できないものは容認できないのだという顔で自分のディスプレイに向き直った。やや生真面目すぎるが、彼は彼でいいスタッフだとカーディアスは苦笑の皺《しわ》を深くする。テストパイロットを含め、ここにいるスタッフは当初から『UC計画』に携わっていたアナハイムの社員たちで、ビスト財団から支払われる高額の報酬を担保に、社に内密でカーディアスの企てに協力する運びとなった。無論、金で転ぶような浅薄な輩《やから》ではなく、スポンサーが誰でも《ユニコーン》を完成させたいと願う優秀な技術者たちだ。

この場で唯一、アナハイム社に籍を置いていないのは、カーディアスの横に立つガエル・チャンぐらいなものか。秘書とボディガードの二役をこなすガエルは、同じ軍籍持ちのよしみからか、「元パイロットらしいおっしゃりようですね」などと言ってにやりと笑う。彼はこのプロジェクトの機密管理も引き受けており、いまも部下たちを〈メガラニカ〉の要所に配置し、水も漏らさぬ警備を実践しているはずだった。

一時は地下社会に流れていた男だけあって、軍や警察の内情にも詳しく、必要とあれば汚れ仕事をこなすことにも躊躇《ちゅうちょ》がない。どこか凄惨《せいさん》な感じのするガエルの笑みに、話がある時の空気を感じ取ったカーディアスは、「どうだ？」と低く問うた。

「〈ルナツー〉にいる幕僚と連絡が取れました。ロンド・ベルの艦《ふね》が『袖付《そでつ》き』と交戦したのは間違いないようです。モビルスーツを三機も失った上に、逃げられたとか」

ガエルも低くした声で答える。ロンド・ベルは連邦宇宙軍の独立機動艦隊の名前で、特定の管轄区域を持たず、有事即応の部隊として知られている。命令系統も通常の部隊とは異にしているという意味では、軍の外郭団体的な傾向が強い。

そのロンド・ベルが、この暗礁宙域周辺で網を張り、『袖付き』と一戦交えたという話は、大事を目前にしたカーディアスには無視できないものであった。

「やはり情報が漏れているな。ロンド・ベルに他の動きは？」

「〈ロンデニオン〉の方に当たってみましたが、つかめません。司令が身持ちの固い男ですから」

「ブライト・ノアと言ったか。テレビのインタビューかなにかで見たが、あれではな」

（RX－0、ファイナル・フェイズを消化。全項目オール・クリア）とオペレーターの声があがり、カーディアスは正面に目を戻した。（稼働良好。サイコフレームの耐G負荷、想定内）（パイロットのライフサインに異常認めず）と報告の声が連続し、口を噤《つぐ》んだガエルが一歩退く気配が背中に伝わる。いよいよ、か。しょぼついた目頭を揉《も》み、帰投コースに入った白い機体をモニターごしに確かめたカーディアスは、コンソールのマイクを手に取った。

「全員、そのままで聞いてほしい。これにてRX－0の稼働試験はすべて終了する。帰投次第、試験用オペレーティング《O》・システム《S》を削除。NT－Dを封印し、ラプラス・プログラムを起動させる」

ざわ、と空気が揺れたあと、張り詰めた静寂がコマンド・モジュールに降りた。無重力の中、モニター群の前に体を流していたスタッフたちも、手近な物につかまって緊張した顔を司令席に向ける。

「これまで尽力してくれたことには心より感謝する。『UC計画』が陽の目を見ることはなく、諸君らの功績が世に語られることもないだろうが、これから始まる歴史の転換期において、《ユニコーン》は重要な役割を果たすと約束できる。それまでは口を閉ざし、ここで見聞きしたことは忘れてもらいたい。諸君らの身の安全は、ビスト財団が名誉にかけて保障する。以上だ」

今後、ここにいる全員に財団の監視がつき、交友関係から通信記録に至るまで丸裸にされる〝保障〟の中身を、スタッフたちはどこまで心得ているのか。ガエルの目配せでプロジェクト長が手を叩《たた》き、人数分の拍手が困惑した空気を追い散らしたのを潮に、カーディアスはマイクを置いた。

これで準備は整った。《ユニコーン》は封印され、そのまま引き受け先に譲渡されることになる。引き受け先にその資質を持つ者があれば、《ユニコーン》はその者に寄り添い、秘められた力を示すだろう。その者を背に乗せ、『ラプラスの箱』へと導いてもくれるだろう。

そこから先は……予測して予測しきれるものではない。引き受け先にその資質を持つ者がいなければ、《ユニコーン》の封印は解けず――いや、それ以前の問題として、そのような者がこの世に実在するという確かな保証すらない。考えても始まらず、ならば考えまいと結論したカーディアスは、「接触は予定通りに行う」と背後のガエルに告げた。

「ロンド・ベルの動向を引き続き探ってくれ。司令部がだめでも、補給部隊を当たれば艦隊の動きは見当がつくはずだ」

「了解です。……が、考え直してはいただけませんか？」

椅子の背もたれをつかみ、上背のある体をカーディアスの方に寄せたガエルが言う。カーディアスはその顔をちらりと見た。

「共和国の息がかかっているとはいえ、『袖付き』は危険な連中です。ビスト財団の当主ともあろう方が、直接会う必要があるとは思えません」

年甲斐《としがい》もない、と言っているガエルの目に、我知らず苦笑が漏れた。そう言われれば返す言葉もない。が、財団の大事という事情は別にしても、このプロジェクトを人任せにするつもりはカーディアスにはなかった。その資質を持つ者が実在するなら、この目で見てみたいという欲もあった。

「そう思うなら、安全確認を万全にしてくれ。この〈インダストリアル7〉でトラブルは避けたい。わたしが理事長を務める学校だってあるのだからな」

手元のディスプレイにアナハイム・エレクトロニクス工業専門学校の案内を呼び出し、カーディアスは冗談混じりに言ってやった。ガエルはにこりともせず、よろしいのですね？　と目で念押しすると、床を蹴《け》って司令席から離れていった。通路沿いのリフトグリップをつかみ、出口の方に流れてゆくガエルの長身を横目で見送りながら、カーディアスはAEのロゴを象《かたど》った校舎の写真をディスプレイの中に眺めた。

理事長専用のパスワードを打ち込み、門外不出の学生名簿を呼び出してみる。アルファベット順に並んだ五千人からの名簿をスクロールさせ、特定個人のデータをディスプレイに表示させると、吐き慣れたため息が口をついて出た。

ここを取引場所にするべきではなかった、とあらためて思う。しかし、発注先や製造元の目をかすめ、《ユニコーン》にラプラス・プログラムを埋め込むのに、ここ以外の適地はなかった。ビスト財団が実質所有している〈メガラニカ〉と、アナハイム社の工業コロニーである〈インダストリアル7〉。両者が不可分の関係にあることを象徴するこの場所こそ、軍とアナハイム社を欺《あざむ》き、《ユニコーン》を調教し直す秘密の園になり得た。カーディアスは、ディスプレイに映る生徒の顔写真を黙して見つめた。

バナージ・リンクス。工学部資源開発科所属、十六歳。生年月日や本籍地などのデータとともに、生硬《なまがた》い少年の顔がじっとこちらを見返してきて、カーディアスはもう一度ため息をついた。

※

スペースコロニーの港がドッキング・ベイとも呼ばれるのは、大昔の宇宙開発時代の名残りだ。当時、まだ地球低軌道上に宇宙ステーションを設営するのがやっとだった頃、往還する船便はステーションと〝接合《ドッキング》〟するのが常で、発着場は〝港《ベイ》〟と呼べるほどの規模を備えてはいなかった。ステーション同士がドッキングする事例も少なくなく、接合用のプラットフォームしか持たないのが最初期の宇宙建造物だった。

現在、コロニーの先端に備えられた港ブロックは、シリンダー状の構造物に大小七つのスペース・ゲートを備え、そこに進入する航宙船はまさしく〝入港〟するように見える。コロニーの中心軸に位置する港は回転運動をしておらず、入港した船は無重力のスペース・ポートに係留され、税関審査や防疫検査を受けることになる。〈インダストリアル7〉の場合、港と隣接する形で無重力工業ブロックを備えているので、コロニーの円筒から張り出した構造物のスケールはひどく大きい。ドッキング・ベイのシリンダーと合わせて、全長は優に三・五キロを超えるだろう。工業ブロックからは筒型のプラントが放射状に生え、各々のプラントにも資源輸送船の発着ポートがあるため、行き来する船便が瞬かせる航宙灯の数も十や二十ではきかない。さながら巨大なボンベに群がる蛍のようだった。

午前四時四十五分、《ガランシェール》はその蛍のひとつになり、〈インダストリアル7〉の真新しいドッキング・ベイに接近しつつあった。まだ建設半ばのコロニーは外壁の構造材も新しく、全体が鈍い光沢に包まれているかのようだったが、それ以上に強烈な光を放つのが太陽電池パネルだった。長辺が五キロにも及ぶ長方形のパネル群が四グループ、その表面を常に太陽に向ける形でコロニー周辺に配置され、太陽光から生成した電力をマイクロウェーブ送信でコロニーに供給する。〈インダストリアル7〉のような密閉型コロニーには必需品と言っていい設備だ。

送電中は電磁波障害が起こりやすく、艦船の航路からは外れているのだが、《ガランシェール》は太陽電池パネルの近くをかすめ飛び、〈インダストリアル7〉との相対速度を合わせていった。そして太陽光を映して白色に輝くパネルが目前に迫った時、船体後部のハッチが素早く開放され、スライドしたハンガーから一機のモビルスーツを放出していた。

濃緑色のボディカラーに、ピンク色のモノアイを一つ目のごとく閃《ひらめ》かせる巨人。『袖付き』が有するモビルスーツの中でも、主力機と目される《ギラ・ズール》は、甲冑《かっちゅう》を着た中世の鎧《よろい》騎士にも、鉄帽とガスマスクを装着した兵士のようにも見える。太陽電池パネルとすれ違いざま、《ガランシェール》から放出されたそれは、右肩に装備したシールドに太陽光を反射させたのも一瞬、姿勢制御スラスターを小刻みに噴かしてパネルの裏側に取りついた。巨大な太陽電池パネルに対して、全高二十メートルの人型は塵《ちり》に等しく、パネルに裏張りされた構造材の隙間に潜むと、その姿は遠目にはほとんど判別不可能になった。

その間、十秒未満。航路は掃除されていても、大量のデブリが浮遊するこの宙域のこと、港湾管理局のレーダーは一貨物船の不審な挙動を捉《とら》えることはない。真面目な監視員が望遠鏡で覗《のぞ》いている可能性もないではないが、それにしても太陽電池パネルの反射光がめくらましになってくれたはずだ。すでに後方に遠ざかった太陽電池パネルを一瞥《いちべつ》してから、マリーダ・クルスはブリッジ内に視線を戻した。

操舵席《そうだ》と航法士席が左右に並び、その背後で一段高い場所を確保しているのが船長席。それだけで満杯になる《ガランシェール》のブリッジは狭く、席のない者が長居できる場所ではないが、天井高の幅があるので無重力なら苦にならない。無重力下では、三次元空間のすべてが人のいられるスペースになる。

「長丁場だが、日付が変わるまでに終わらせる。辛抱してくれ」

船長席に収まるスベロア・ジンネマンが、無線のマイクに押し殺した声を吹き込む。使い古したキャプテン帽に、色の褪《あ》せた革ジャンという出で立ちは、むさ苦しい髭面《ひげづら》とあいまってロートル貨物船の船長そのものに見える。しかしその眼光は鋭く、〈了解、キャプテン〉と返ってきた無線の声にも隠微な緊張の色があった。

声の主、《ギラ・ズール》のコクピットに収まったパイロットのサボアは、これからまる一日、太陽電池パネルの裏に潜み、〈インダストリアル7〉の外周監視を行うのが仕事になる。取引相手には知らせていないが、すでに連邦軍の待ち伏せと遭遇している以上、こちらもバカ正直に相手の善意を信じるわけにはいかない。入港した途端に一斉検挙などという事態になったら、サボアの《ギラ・ズール》がひと暴れするという寸法だった。

その時には、マリーダの《クシャトリヤ》はもちろん、もう一機積んである《ギラ・ズール》も出ることになる。そのパイロットであるギルボア・サントは、いまは航法士席に座り、管制官に航路から外れた言い訳をするのに余念がなかった。今時めずらしい純粋な黒い肌に、人懐っこい面相を張りつけたギルボアは、三児の父でもある三十歳。隣の操舵席に座るフラスト・スコールは、ギルボアとは対照的にちょっと険を漂わせる二十七歳で、いかにもその筋の人間らしい外見は近寄りがたい雰囲気だが、実は面倒見のいい兄貴分としてクルーの信任は厚い。ジンネマンとのつきあいも長く、あうんの呼吸で彼をサポートする隊のナンバー2だった。

これに、各々のモビルスーツに付く整備班や船のクルーも合わせて、総勢三十三人。地球連邦政府が〝神出鬼没のテロリスト〟と忌み嫌う『袖付き《そでつ》』の中にあって、実力派の行動部隊と謳《うた》われるガランシェール隊の、それが全容だった。もっとも、隊長のジンネマンを始め、全員が貨物船のクルーらしく偽装するのを当たり前にしているため、仮にも軍組織の硬さはあまり窺《うかが》えない。『袖付き』の本部からも異端視されている気配があり、ジンネマンを頭に置く独立戦隊か、もしくは下請けの便利屋集団という趣が強い。実際、今回の任務も便利屋集団ならではのものであり、先の連邦軍の待ち伏せも含めて、どう捉えていいかわからない微妙な空気が船内には流れていた。

〈インダストリアル7〉に赴き、ビスト財団が供与する『ラプラスの箱』を持ち帰る。誰にでもできる、本物の運送会社に頼んでもよさそうな任務だ。ただひとつ、『ラプラスの箱』なるものの正体を、誰ひとり知る者がいないという点を除けば――。

「事前申請は完全に通ってます。港湾管理局も因果を含められてるみたいだし、無審査で入港できそうですが……解《げ》せませんねぇ」

　管制官とのやりとりを終えたギルボアが口を開き、マリーダはそちらに視線を流した。縮れた彼の頭髪ごしに、親指大にまで迫ったスペースゲートと、そこからのびるガイドビーコンの光が見えた。

「引き取るブツは、反対側の港にあるんでしょう？　なんでそっちに直付《じかづ》けさせてもらえないのか……。コロニービルダーとかがくっついていて、一般の進入が禁止されてるんなら、そっちの方が取引には都合がいいだろうに」

「そのコロニービルダーは、実質ビスト財団の持ち物だって話だ。お膝下《ひざもと》には近づけたくないんだろうよ」

　フラストが口を挟む。〈インダストリアル7〉が開放する港は地球側のものだけで、月側に面した港はコロニービルダーで塞《ふさ》がれている。この暗礁宙域に浮かぶデブリを採取・精製し、その場でコロニーの建材に再利用する大がかりな装置だというが、外部から来る船はもちろん、コロニー内で働く者たちの立ち入りも厳しく制限されていると聞く。そこに『ラプラスの箱』があるという事前情報の真偽はともかく、うしろ暗い取引を行うには格好の場所になるはずだったが、ビスト財団はコロニービルダーへの直付けを許可してはいなかった。

「向こうもそれなりに警戒しているってことだ。なにせこっちは、無法者の『袖付き』だからな」

チューブ入りのコーヒーを口にしながら、ジンネマンが自嘲《じちょう》混じりに言う。部下たちの疑念を受け流し、危険の渦中にあることを思い出させる声音だったが、この時はフラストがめずらしく食い下がる気配を見せた。

「で、どういう代物なんです？　その『ラプラスの箱』ってのは。そろそろ教えてくれてもいいんじゃないですか？」

核心をつく質問に、ギルボアも船長席のジンネマンを振り返る。ジンネマンは肩をすくめ、

「おれだって知らんよ。それこそ開けてびっくり、玉手箱ってやつだ」

「表に出ちゃこないが、ビスト一族ってのは大財閥で、政府やアナハイム・エレクトロニクスにも食い込んでる。財団は、言わばその総本山ってやつでしょ？　連邦政府とよろしくやってる連中が、我々に玉手箱を献上するって話は、やっぱり解せませんやね」

ギルボアの言いようこそ、ガランシェール隊の総意を代弁するものだったが、ジンネマンは相変わらずの泰然自若だった。「フル・フロンタルが直接仕入れてきたネタだ。信用はできるさ」と応じ、ちらとこちらを見たジンネマンと視線を合わせたマリーダは、ガイドレールを握る手の力を微《かす》かに強くした。

先刻の待ち伏せといい、おもしろくない空気だ。気を抜くな。目で告げたジンネマン

――マスターに小さく頷《うなず》いてから、窓の外に視線を戻す。ちょうど水先案内人を乗せた小型艇が接近してきたところで、フラストもギルボアも無線のやりとりに追われ、会話は自ずと打ち切られた。マリーダは、無数の灯火とロケット光をひとつひとつ観察し、不審な動きの有無をチェックする作業に専念した。

現状、わかっていることは三つ。無償供与の代わりに、取引はビスト財団の指示に全面的に従うこと。引き取り品はかさばる代物なので、貨物船による受け取りが必須《ひっす》であること。これに関しては、通常なら三機搭載できる《ギラ・ズール》を二機に留め、モビルスーツ一機分のスペースを確保することで対応している。逆に言えば、あえて一機しか降ろさなかったわけで、そんなところにもこの任務に不信感を抱くジンネマンの心根が現れていた。

そして、もっとも重要なのが三つ目。『ラプラスの箱』と呼ばれるなにかには、世界を覆《くつがえ》すほどの力が――連邦政府を根底から揺るがし、地球圏に変革を促すだけの力が――秘められているのだということ。現行政権を転覆させる醜聞種か、はたまたミリタリーバランスを一変させるような最終兵器か。与太話の種は尽きないが、少なくともそれを信じるに足りるなんらかの根拠はあり、本部はビスト財団の申し出を受け入れたということだった。また、それが一縷《いちる》の望みに過ぎなくても、すがらずにいられないのが『袖付き』の現状ということでもあった。

いずれにせよ、自分には関係のない話だ。『ラプラスの箱』の中身がなんであれ、マスターを守り、マスターのために働く自分の行動に変わりはない。『箱』が実在するなら持って帰るし、罠《わな》なら突破するまでのことだ。そのための犠牲を躊躇《ちゅうちょ》するつもりはなく、マリーダは目の前に迫った〈インダストリアル7〉をあらためて注視した。

鋼鉄の残骸《ざんがい》や石ころが無尽蔵に漂う中、ひっそりと一基だけ浮かぶ密閉型コロニーは、それ自体が秘密を封じ込めた箱に見えなくもない。二列に並んだガイドビーコンの灯火に従い、《ガランシェール》はそのドッキング・ベイに進入してゆく。割り当てられたスペースゲートが正面の窓を埋め尽くした時、《ガランシェール》と入れ違うように複数の物体が宇宙に出るのが見え、マリーダは反射的にその数と形状を確認した。

ずんどうのボディに、短い足と作業用のアームを生やし、バブル状の大きな風防《キャノピー》を頭に載せている。二等身にデフォルメされた人型に見えるそれは、港湾作業用に使われるプチ・モビルスーツ。プチモビの愛称で呼ばれる重機の一種だった。

航路の掃除をしにきたのだろう。ばらばらに飛び出した八機のプチモビに続き、一ダースものプチモビを鈴なりにした連絡艇が《ガランシェール》の横を通過してゆく。全高三メートルほどの小型機集団を目で追い、「ブッホ社のだな」と呟《つぶや》いたのはギルボアだ。

「ジャンク屋のか？」

「ああ。そこら中のコロニーにチェーンを展開してるって話だ。ここにもアナハイムの下請けで入ってるんだろ。景気はいいらしいぜ。一年戦争で出たゴミは、百年かかっても回収しきれないだろうからな……」

そのゴミを増やす手伝いをしている己の立場を自覚してか、ギルボアの声はどこか重たかった。フラストもう相槌《あいづち》を打とうとせず、マリーダは虚空に散らばるプチモビに目を戻した。

背中に負ったスラスター・ポッドを閃《ひらめ》かせ、プチモビたちは航路に漂い出たデブリに取りつき、一機では持ち帰れない大きさのものにはペイント弾を撃ち込む。彼らにとって、ゴミはゴミでしかなく、回収の多寡《たか》によって収入が決まる経済単位に過ぎない。そういう生活もある、とマリーダは頭の片隅で考えた。命を奪うことも、奪われることもない生活。一年先、十年先の未来を当たり前にあるものとして捉《とら》え、明日に繋《つな》がる今日を生きる生活……。

今日、自分が仕留めた敵の残滓《ざんし》も、いつかは回収されるのだろうか。自分には無縁な灯火の乱舞を眺めながら、ふとそんなことを思いついた。

※

水先案内の小型艇に従い、三重の隔壁をくぐり抜けた先は、空気が充塡《じゅうてん》された中央ポートだった。

係留作業が始まり、アコーディオン式に伸縮する連絡通路、ボーディング・ブリッジが《ガランシェール》のエアロックに接合される。窓ごしにそれらの様子を見、船内のクルーが慌《あわ》ただしく通路を行き過ぎる気配を確かめた少女は、慎重に部屋から抜け出した。

ノーマルスーツのヘルメットをかぶり、バイザーを下ろす。空気がある中では無用な装備だが、顔を見られないに越したことはない。港湾作業員は大抵ノーマルスーツを着用しているので、うまくすれば紛れ込める目算もあった。リフトグリップを使って狭い通路を移動し、船体下部にあるエアロックのひとつを目前にした少女は、意を決して開放レバーを押し倒した。

しゅっと気圧差の異なる空気が吹き抜けるとともに、鉄と鉄がこすれ合う音、姿勢制御スラスターの噴射音、業務連絡のアナウンスなどが一斉に飛び込んでくる。中央ポートは五百メートル四方もある広大な空間で、床と天井——無重力下では無意味な区別だが——の両方に四つずつ桟橋《さんばし》を備え、いまはそのすべてに《ガランシェール》と同クラスの貨物船が係留されていた。少女はエアロックをくぐり、二十メートルほど先にある床に向かって体を流した。マグネットを備えた靴底が床につくより早く、腰のベルトからワイヤーガンを取り出し、桟橋の壁面を狙って引き金《トリガー》を引く。

射出されたマグネットが、ワイヤーの尾を引いて桟橋の壁に吸着する。もう一度トリガーを引くと、拳銃《けんじゅう》そっくりのワイヤーガンは自動巻き上げ機を作動させ、マグネットが吸着した場所まで少女を引き寄せてくれた。無重力下の作業では必需品となる道具だ。

ワイヤーの巻き上げが終わると同時にマグネットを解除し、次の中継点に狙いを定める。そうして移動をくり返し、少女は工業ブロックに続く搬入口を目指した。途中、何度か《ガランシェール》のクルーとすれ違ったが、係留作業のごたごたの中で、バイザーを下ろしたノーマルスーツの判別がつくものではない。少女は誰にも見咎《みとが》められずに搬入口にたどり着き、そこから先はリフトグリップを使って移動した。壁や手すりに設置されたレバー状のリフトグリップは、握る力を強くするだけ速度が上がり、ガイドレールに沿って少女を工業ブロックへと運んだ。

ここは検査済みの船舶が係留されるポートだから、港から外に出るのはさほど困難なことではない。工業ブロックも、作業区画に立ち入らなければ難なく通過できるだろう。問題はその先、コロニーの反対側に位置するコロニービルダーにどうやってたどり着くか、だ。頭に入れてある〈インダストリアル7〉の構造図を反芻《はんすう》しつつ、少女は作業員の一団に紛れてターミナルビルに入った。

目算はあった。密閉型コロニーの〈インダストリアル7〉には、人工太陽が設けられている。コロニーの円筒の円心部に、端から端まで縦貫する照明ユニットが設置され、その制御によって昼夜を作り出しているのだ。旧世紀風の表現をするなら、とんでもなく長大な蛍光灯といったところだろうか。

人工太陽には保守点検用の通路が並走しており、これもコロニーの端から端まで通っている。無論、誰でも入れる場所ではないし、人工太陽が点灯している間は高熱にさらされるから、日中はそもそも使用できるものではない。が、そこを通れば、コロニー内に降りることなく、短時間で反対側の区画まで行ける。一般の立ち入りが禁止されているコロニービルダーに近づき、中に入り込む機会を窺《うかが》うこともできるだろう。

午前五時十分。腕時計を見、夜明けまでまだ間があると確かめた少女は、ノーマルスーツのヘルメットをぬいだ。ショートにまとめた栗色の髪に風を入れ、やるだけだ、と自分に気合いを入れてから、手近な洗面所の方に体を流す。

ここから先は、ノーマルスーツ姿の方が逆に目立つ。無重力用の吸入便器が設置された個室に入り、ノーマルスーツをぬぎ捨てた少女は、紺のパンツに白のブラウスという出《い》で立ちで洗面所を出た。口笛を鳴らして通りすぎる作業員を無視し、ケープ状のゆったりした上着を羽織ると、リフトグリップをつかんでビルの出口に向かう。まだ勤務交替が始まる前なのか、出口前のロビーは閑散としており、殺風景な空気を際立たせていた。

ジンネマンやマリーダたちが動き出す前に、コロニービルダーにたどり着き、会うべき人に会わなければならない。それ以外の思考は頭から追い出して、少女はターミナルビルを出た。

※

それより、少し前。バナージは、同じターミナルビルの中にあるブッホ社の事務所で、管理課の係長を面前にしていた。

「じゃ、今日は出られないんですか？」

「上からのお達しでな。臨時に貨物便が入港するから、それまでに栈橋をあけとけって話で……。前のシフトの連中に残業頼んで、もう出てもらっちまったんだよ」

上からは能率アップを迫られ、下からは職場環境の改善で絶えず突き上げられている係長は、まずは自分には非のないことだと説明するのを忘れない。膨大なスペースデブリが社会問題化して久しい昨今、飛ぶ鳥を落とす勢いで業績を上げているブッホ社だが、しょせんは成り上がりのジャンク屋と蔑視《べっし》する風潮は根強く、全体にどこか垢《あか》ぬけない雰囲気がある。〝廃品《はいひん》回収〟を〝資源再利用〟と言い替えたところで、社員の意識改革が進んだようには見えず、この〈インダストリアル7〉の営業所も、そこに詰める係長たちも、なにやらうら淋《さび》しい空気をまとっているのが常だった。

そんなブッホ社だったから、臨時便に押し出され、あっさり栈橋を明け渡してしまう腰の弱さも驚くには当たらなかったが、時給雇いのバナージにすれば同情してばかりもいられない。早朝シフトのチームがすでに出港してしまったからには、今日のバイトはもうないのだ。最新型のプチモビもなにもあったものではなく、これぞ骨折り損の恨みを滲《にじ》ませて、「せっかく一番乗りしたのに……」と文句のひとつも言いたくなった。

「悪いな。今度の残業代、多めにつけとくからさ」

さえない眼鏡面に愛想笑いを浮かべた係長は、ずれ込んだスケジュールの帳尻合《ちょうじりあ》わせで大わらわなのだろう。バイト風情の相手をしている暇《ひま》はないという顔を隠しもせず、鳴り出した電話に呼ばれて事務所の奥に引っ込んでしまった。夜勤番の係員が二人、端末のディスプレイから顔も上げずにいるのを見たバナージは、それ以上なにを言う気力もなく脂《やに》臭《くさ》い事務所を後にした。『ずれている』という言葉が、また脳裏をかすめて過ぎていった。

ハロを先に廊下に出してから、靴跡だらけの壁を軽く蹴《け》り、その勢いで中央ポートを見下ろす廊下の窓の方に体を流してみる。ブッホ社が使う四番桟橋に、確かに見慣れない貨物船が停泊していた。旧式の垂直離着陸《VTOL》船だ。汚れが目立つ船体には、『リバコーナ貨物』のロゴとともに、《ガランシェール》なる船名が記してあった。

「気取った名前……」

腹癒《はらい》せ混じりに吐き捨てた時、廊下の向こうから流れてくるタクヤの存在に気づいた。最高速度にしたリフトグリップから手を放し、慣性で飛んだ体を壁のクッションに押し当てたタクヤは、「バナージ、おまえ……！」とすかさず文句の口を開きかける。バナージは無言で事務所の入口を指さした。

きょとんとなったあと、事務所の中に入っていったタクヤは、一分と経たずに再び廊下に出てきた。狐につままれた顔でバナージを見たかと思うと、不意にニタリと笑い、「天罰、天罰」などと言う。耳に見える円盤をぱたつかせ、(テンバツ、テンバツ）と調子を合わせるハロを抱え、バナージは廊下の床を蹴った。


工専の始業時間まで三時間あまり。寮に戻ってもうひと眠りという気分でもなく、バナージとタクヤは工業ブロックにある食堂に向かった。コロニー内に面した食堂は、展望台を兼ねたレストハウスになっており、この時間なら仮眠を取ることもできる。

コロニー全体が工場と言って差し支えない〈インダストリアル7〉の中でも、ドッキング・ベイに隣接する無重力工業ブロックは最大の生産拠点だ。製鉄から加工、熱処理、組み立てに至るまで、ありとあらゆるラインが運営されており、無重力環境を活《い》かした生産工程が組まれている。エレカに使うボルトの削り出しから、モビルスーツの装甲になるガンダリウム合金の精錬まで、ここで扱っていない工業製品はないと言っても過言ではない。

一日三交替、二十四時間体制で稼働している工業ブロックでは、深夜も早朝も時間を刻むひとつの単位でしかない。空気が充塡《じゅうてん》されたトラックヤードに出ると、部材の束を抱えて行き交う作業用プチモビの駆動音、甲高い呼び子の音や誘導員の怒鳴り声、鉄と鉄がこすれ合う音がひっきりなしに聞こえるようになり、ともすれば「ガキども！　構内ではヘルメット着用だ」と作業員の怒声も降りかかってくる。「すみません！」と唱和しつつも、バナージとタクヤはリフトグリップの速度を緩めず、食堂への近道であるトラックヤードを突っ切っていった。

道すがら、バナージはタクヤに地下鉄から目撃した白いモビルスーツの話をした。モビルスーツ工学を専攻し、将来はアナハイム社のテストパイロットを目指しているタクヤは、軍事関係の知識もマニアの域に達するほど詳しい。新型機と聞けば目の色を変えるかと思ったが、その反応は意外と淡白だった。

「ジオンとの戦争が終わって、連邦軍はようやく再編に取りかかってるんだ。新型が開発されてるとしても、そりゃジム系のマイナーチェンジだな」

「でもさ、真っ白で、一本角が生えてて、なんかスペシャルな感じだったんだ。再編してるんなら、新しいフラッグシップ機の開発をしてたっておかしくないだろ？」

「バーカ、そういうのは戦争が起こりそうな時にやるんだよ。仮想敵がいないのに、新型機の開発予算なんて下りるわけない」

もっともな見解だと思えた。「そういうもんか……」と言うと、「まったく、なんにも知らねえんだからな」と呆《あき》れ半分の声が返ってきて、バナージは少しいたたまれない気分を味わった。

それがなんであっても、ひとつの事に打ち込める者は、そこから世間を見る目も養われるものなのだろう。自分には、それがないという劣等感。出遅れている、という焦り。そこらのシニア・ハイならともかく、アナハイム工専という〝一本道〟に身を置く者にとって、その感覚はいっそ罪悪感に近い。

「いいよな、将来にちゃんと目標があるってのは」

だから、そんなことを言ってみる。タクヤは怪訝《けげん》な顔を振り向け、「なんだよ、それ」と口をとがらせた。

「おまえだって、木星圏の開発に志願してんだろ」

「そうだけどさ……」

タクヤとは違う。アナハイム工専に転入した時、いくつかある選択科目の中から選んだだけのことで、是が非でもというわけではない。この目で木星を見てみたい気はするし、フロンティアという言葉に胸躍るものを感じないでもないが、そのためにしなければならない工学やら数学やらの勉強を思うと、途端に気が萎《な》えてくる。いや、勉強が苦痛なのではなく、本物の熱意を持った志願者たちの中に混ざり、『ずれている』自分を感じるのが苦痛なのだ。

そこまで思い至ると、ここに来たのがそもそも間違いだったのではないかと、いつもの疑念が頭をもたげてきて、バナージはその端緒になった出来事の断片を記憶の中にまさぐってみた。母の死。葬儀の夜に家に訪れた背広姿の男たち。彼らは、『わたしたちは、あなたのお父様に雇用されている者です』と言い、以後の生活の面倒はみさせてほしいと慇《いん》懃《ぎん》に告げた。そして手渡された、アナハイム工専への転入手続き書類――。

父がどこの何者か、彼らは教えようとしなかった。いつか直接お会いになれる時が来るでしょうと言われただけで、バナージもしつこく質《ただ》そうとはしなかった。まったく興味がなかったと言えば嘘になる。が、母一人子一人の生活を当たり前のものとする十数年を過ごしてきて、急に父親に現れられても戸惑うのが普通だったし、どんな事情があれ、母の葬儀に顔も出さない男を父と認めたくない思いもあった。そのお情けに安易にすがるのは、母に対する裏切りになるような気もしていた。

母はやさしく、強い人だった。父親のいない不自由を感じさせることなく、女手ひとつでバナージを育ててくれた。何度か職と住居を変え、バナージは友達を作る間もなく転校を強いられたが、それは母の性癖に起因するものではなかった。いまでも覚えているのは、五歳のクリスマスの日、このハロがなんの前触れもなく送られてきた時のことだ。

母はサンタクロースのプレゼントだと言ったが、父からの贈り物であるらしいことは、幼いバナージにもなんとなく理解できた。その後、逃げるように居を移した行動を見れば、母は父から遠ざかろうとしているのだということも想像がついた。追及すれば母は不機嫌になるか、困った顔になるので、触れてはいけない問題なのだということも、十歳になる前には了解した。

『強い人よ。あの人の子供であることは誇《ほこ》りにしていいって、それだけは言えるわ。でも、その強さは、私たち母子《おやこ》にいい結果をもたらさないとわかったの。だから母さんは、おまえを連れてあの人から離れなければならなかった……』

父について母が語ったことと言えば、それぐらいなものだ。『そういうの、わかる?』と続けた母に、わかった振りで頷《うなず》くのがバナージだった。サイド1の古ぼけたコロニーの一画、スラムに近い下町で暮らし、本当はこんなところにいるべきではない母親の顔色を窺《うかが》い、過度の負担をかけないよう気遣いながら、『ずれている』自分を感じ続ける。バナージは、そのようにして大きくなった。

それこそ原因も定かでない、物心がついた時にはあった『ずれている』感覚。浮いているというのとは違う、ここではないどこかに自分の本当の在《あ》り処《か》があって、心も体もそこからずれ続けているのだという根拠のない感覚は、こうして見知らぬ父の誘いに乗り、〈インダストリアル7〉で暮らすようになったいまも消える気配はない。いや、ここに来れば『ずれ』が修復されるかもしれないと期待したこと自体、すでに世間とはずれている子供じみた発想に過ぎず、しょせんは思春期の妄想と客観視する冷静さもバナージにはあった。

アナハイム工専の制服を着て、大企業の一員になったつもりでいれば忘れられると高を括《くく》り、全寮制の学生生活に飛び込んで八ヵ月あまり。手に入れたものと言えば、普通免許と一緒に取得したプチモビの免許ぐらいで、なにも変わらず、なにも起こらない日々の中、『ずれ』が拡大してゆくのを感じ続けている。いまだ父の素姓はわからず、わかろうと働きかけることもせず、次第に絞り込まれつつある将来に息苦しさを覚えている。

自分はなぜここに来たのだろう。なにをもって『ずれ』が修復されると期待したのだろう。後生大事に持ち続けているハロを抱え直しながら、バナージは考えてみる。父に会うこと？　会って、自分の素姓を確かめること？　いまさら会ったからといって、なにがどうなるものでもないのに。素姓を知ったところで、それが自分の本当の在り処になる保証はどこにもないのに……。

そんな堂々巡りをもてあそび、トラックヤードから集荷場に出た時だった。先を行くタクヤが「すげえ、大物だ」と興奮した声を出し、バナージは顔を上げた。

広大な集荷場の一画に、モビルスーツの残骸《ざんがい》があった。ブッホ社か、他にも入っている〝資源再利用〟業者が回収してきたのだろう。両脚部の膝《ひざ》から下が切断され、右腕も肩から下がごっそりなくなっているが、濃緑色のボディも、モノアイが一つ目に見える頭部も、原形を想像できる程度に破損を免《まぬが》れている。確かに大物だ、とバナージは認めた。コロニーや戦艦などの巨大な残骸はあらかた回収され、プチモビが牽引《けんいん》できる小物の回収が主流になっている現在、これほど原形を留めたデブリが発見されるのはめずらしい。誰が見つけたのか知らないが、そいつはこれひとつで半年分の給料を稼いだはずだ。バナージとタクヤはそろってリフトグリップを手放し、ガイドレールを蹴《け》って残骸の方に向かった。

「あれって《ザク》?」

残骸を見下ろすキャットデッキの手すりにつかまりつつ、バナージはタクヤに訊《き》いてみた。かつてのジオン公国軍の主力機、モビルスーツの始祖にして代名詞になっている機種の名前だ。曲面を多用した緑色の機体といい、左肩のショルダーアーマーに生えたトゲ状の突起といい、バナージには他に思いつく名前はなかったが、タクヤの返答は「バカ、違うよ」だった。

「《ギラ・ドーガ》だろ。『シャアの反乱』で使われたやつ」

「知らないよ。おれ、マニアじゃないもん」

「アナハイム社製だぜ? 覚えとけよ」

タクヤはひとさし指でこめかみを小突いてくる。それをよそに、バナージはギラだかドーガだかいうモビルスーツの残骸を注視した。焦げ跡が目立つ機体のあちこちに作業員が取りつき、手持ちのノート端末になにごとか入力している。状態を確かめて買い取り価格を詰めているのか、解体後の割り振りを決めているのか。モノアイも、それを防護するガラスも割れているものの、断ち切れた動力パイプからはまだ油の玉が漏れ出しており、熱核反応炉は生きているのではないかと疑わせる。ちょっと手を入れたら動き出しそうな、人型の生々しさを失っていない残骸ではあった。

これならパイロットは脱出できたのではないか？　そう思い、腹部のコクピットに目を移したバナージは、すぐにそれが間違いであることを悟《さと》って息を呑《の》んだ。コクピットをカバーする装甲は熱でひしゃげ、直径一メートル近い穴が開いていた。ビーム兵器に撃ち抜かれたのだろう。コクピットを焼き、パイロットを爪も残さず蒸散させたビームの弾痕《だんこん》は、虚無に通じる暗い穴に見えた。戦争という無縁な人の行いが穿《うが》った、吸い込まれそうに深く、暗い穴——。

「……戦争は終わったんだ。いまさら新型機なんてないよ」

生唾《なまつば》を飲み下したタクヤが、先刻の話題を持ち出して言う。その横顔は心持ち青ざめて見えた。

「テロのニュースも、最近はあんまり聞かないよね」

「ジオンの残党ってのはいるけどさ。もう軍隊って呼べるような規模じゃない。『対ジオニズム闘争は掃討戦に移行した』って、去年の国防白書に載ってたし」

「おれの住んでたコロニーにも、活動家っていたけど。スペースノイドの自治独立って、ぴんとこないよな」

月の裏側に位置するサイド3がジオン公国を名乗り、地球連邦政府からの独立を掲げて、世に言う一年戦争を引き起こしたことはバナージも知っている。〈インダストリアル7〉

が浮かぶこの暗礁宙域は、その緒戦で両軍がぶつかり合った『ルウム戦役《せんえき》』の名残りだし、バナージたち自身、総人口の半数を死に至らしめたと言われる戦争の反動で生まれた団塊《だんかい》世代——社会学者が言うところのザ・イヤー・ウォー・ベイビーでもある。戦争終結から十六年、その後もジオンの残党を名乗る集団が一度ならず騒乱を引き起こし、大規模なテロを仕掛けたことも知っているが、それらはバナージたちにとっては遠い世界の出来事、テレビのニュースや教科書で語られる情報でしかない。戦争も、スペースノイドの独立運動も、フィクションと同列の絵空事という以外の感想は持てなかった。

が、目の前に開いた暗い穴は、それが現実であることを突きつけてくる。そのために死んだ人間がいると実感させ、怠惰な日常を告発しようとする。示し合わせたように受け流す言葉を並べつつ、バナージとタクヤはどちらからともなくその場を離れた。不意に目の前に現れた戦争の断片は容易には消えず、虚無に通じる底暗い穴をバナージの脳裏に穿ち続けた。

コロニー内に面した食堂は、一面の壁がガラス張りになっており、円筒の中心から内壁の街並みを一望できる。午前五時二十分、まだコロニー内を縦貫する人工太陽は灯《とも》っておらず、三千メートルの高みから見渡す内壁の街は、ところどころ雲をかぶった細かな光の絨毯《じゅうたん》だった。

あと十分もすれば人工太陽が今日の始まりを告げ、膨大な光と熱が〈インダストリアル7〉に朝をもたらす。その時には食堂の窓にフィルターがかかり、間近で輝く人工太陽の光を減殺するはずだが、いまはなにを遮る必要もなく、窓の外にはコロニーの反対端まで通じる人工太陽の柱が闇に沈んで見えた。この時間に食堂に来る者は少なく、バナージとタクヤは各々のトレーを手に窓際の席に収まることができた。

一ヵ月後の夏季休暇までに提出するレポートをどうするとか、物理のハイミスは根性が悪いとか、他愛ない話をするうちにタクヤはあくびを漏らし始めた。空になったシチューのチューブをトレーにはめ込み、「寝る」と言い出したかと思うと、無重力をいいことにだらしなく足を投げ出す。母に厳しくしつけられたせいか、こういう真似はバナージにはできなかった。周囲に合わせる努力をして、だいぶ砕けたつもりではいるのだが。

「おまえも寝とけよ。今晩、ミコットの家でパーティーがあんだからさ」

目を閉じたまま、タクヤが言う。「そうだっけ?」とバナージは気のない返事をした。

「うちの工専は色気ないのが多いけど、あいつの学校はアッパークラスだからな。お知り合いになるいい機会なんだから、パワーためとかねえと。夏休みに独り身ってのはやるせないぜ」

「どうせ帰省するんだろ? ここで彼女作ったって……」

「それを言うなよ。毎年恒例、フランチェスカ・コロニーに家族旅行って苦行が待ってるんだから。弟や妹を連れて釣り三昧《ざんまい》、夜は親戚《しんせき》一同でバーベキューって、幸せすぎて涙が出てくらぁ。彼女が待ってるとでも思わなきゃ、やってらんねえよ」

「行かなきゃいいのに」

「そうもいかねえんだよ。家族のしがらみってのは……」

そこで不意に口を噤《つぐ》み、片方の目を開けたタクヤは、「おまえは夏休み、どうすんの」と訊いてきた。気遣われているのが多少うっとうしく、バナージは「さあ」と肩をすくめた。

「帰省したって親戚もいないし、家も引き払っちゃったし。ここに残って、せいぜいバイトで稼ぐよ。スポンサーが心変わりする前に、学費くらい自分で出せるようになりたいしね」

「父親、相変わらずなんにも言ってこないのか？」

「うん。ま、急になんか言ってこられても困るけど」

「ふーん……。わけわかんねえよな。呼び寄せといて、会いにもこないってのはさ」

他人が分け入っていいのはそこまで、と心得ているタクヤは、それ以上その話題に触れようとはしなかった。「だったら、なおのこと今晩は狙っていこうぜ。十六歳の夏は一度きりだ」と続けたタクヤに、「うん……」と形ばかりに応じつつ、バナージはまだ暗い窓の外に視線を流した。

別に興味がないわけではない。恋も失恋も人並みに経験しているし、故郷では何人かのガールフレンドとつきあったこともある。が、彼女らにとって楽しいことがバナージには楽しくなく、合わせる努力も見透かされる程度にしかしなかった不実から、つきあいが長く続いたためしはなかった。思春期の少女たちほど、男の不実に不寛容な生き物はいない。

いや、それは本気の恋をしたことがなかったからで、そういう相手が見つかれば事態は一変する可能性もある。今夜のパーティーにそんな出会いがあるかもしれない、とバナージは強いて考えてみた。世界と自分との『ずれ』を一気に修復してくれるような、夢中になれる何者かとの出会い。この工業コロニーが薔薇色《ばらいろ》に見え、ここここそが自分の居場所だと思わせてくれる出会い。二十四時間、入れ替わり立ち替わり工場に出入りする人間たちのひとりになり、日々汗と油にまみれ、仕事帰りの一杯や、たまの贅沢《ぜいたく》を宝にする――そんな人生を、まるごと受け止めてもいいと思える出会い。

窓の外には、夜明け前の街の灯があった。その合間を高速道路の灯が螺旋《ねじ》状に走り、夜間配送のトラックらしい光点が音もなく滑ってゆく。あと二時間もすれば大抵の人は起き出し、それぞれの職場に赴《おもむ》く。バス待ちの列がそこここの停留所で団子を作り、地下鉄は交替する作業服の群れを満載して内壁の街と工業ブロックを往復する。昨日と変わらない今日、明日も変わらないだろう今日が、ベルトコンベアーのように回り続ける。

「おれたちも、卒業したらこの風景の一部になるのかな……」

『ずれ』がまたひとつ大きくなるのを感じながら、バナージは呟《つぶや》いた。タクヤは応《こた》えず、そちらを見ると、居眠りに落ちた体が椅子から浮き上がりかけていた。その肩をつかみ、椅子のマジックテープに押しつけてやった瞬間、バナージは窓の外に〃それ〃を見た。

食堂の百メートルほど上にある基部から、コロニーの反対端まで届く人工太陽の柱——いまは注意灯を点滅させ、闇の中に横たわる巨大な柱の近くに、なにかが漂っている。最初はゴミかと思った。反対端ではコロニーの建造が行われていることだし、人工対流で巻き上げられたゴミが太陽周辺に滞留することはよくある。それほどに小さく、目を逸《そ》らせばたちまち闇に溶け込んでしまいそうな〃それ〃は、しかし自分の力で動いていた。必死に身をよじり、手足を動かして、流されるままの体を制御しようとしているように見えた。

思わず身を浮かせ、窓に顔を寄せる。その勢いでテーブルの下から浮き上がったハロが、耳をぱたつかせて滞空する気配を背後に感じながら、バナージは注意灯の光が微《かす》かに照らし出す〃それ〃を凝視した。間違いない、人だ。人が人工太陽のすぐ近くで漂流している。距離は一キロも離れているだろうが、バナージにはそれがわかった。漂流する人影が、ケープ状の上着をはためかせているのも見て取れた——もしくは、感じ取れた。

じきに夜明けというこの時間に、人工太陽の点検が行われている道理はない。バナージはノーマルスーツも着ていない何者かに目を凝らし続けた。人影は次第に人工太陽から離れ、内壁の方に流されている。明らかに遭難だった。空が明るくなれば発見されやすくなるだろうが、その時には人工太陽が灯り、周囲の空気は高熱で炙《あぶ》られる。直径六キロあまりの円筒を隈《くま》なく照らし、コロニー全体を春の陽気で包み込む膨大な光源が、間近に漂う物体を瞬時に焼き尽くしてしまう。

「……ヤバいな、あれ」

腕時計を見る。午前五時二十六分、夜明けの設定時刻まであと五分とない。「え？　なに？」と寝ぼけ眼《まなこ》を左右に振るタクヤをよそに、バナージはテーブルを蹴《け》った。閑散とした食堂を一気に突っ切り、入口脇のポールを支点にして廊下に飛び出す。誰かに事態を説明して、一秒を争う時間を無駄にするという発想はなく、衝動に駆られた体が一直線に作業場を目指した。

※

なにが起こったのか、すぐにはわからなかった。遠ざかる人工太陽の柱と、内壁の街の灯に照らされて浮かび上がる雲。それらが交互に流れては消え、ごうと渦巻く空気が耳元をなぶって過ぎてゆく。

両足を前に蹴り出し、少女はせめて体の回転を止めようと試みたが、人工対流が吹きつける中では虚しい行為だった。太陽の熱を万遍なく循環させるため、コロニー内には絶えず一定の風が吹いている。無重力帯に設置された人工対流発生装置が空気をかき回し、太陽付近に気流の錯綜《さくそう》を生み出しているのだ。

喉元《のどもと》までこみ上げた恐怖を押し戻し、落ち着け、と自分に言い聞かせる。首尾よく人工太陽の保守点検区画に潜《もぐ》り込み、照明ユニットに並走するサービス・ルートに侵入できたところまではよかった。リフトグリップにつかまり、二十キロ近い直線の通路をたどれば、三十分足らずでコロニーの反対端に——目的地であるコロニービルダーにたどり着けるはずだった。

だから、そのサービス・ルートが修理のために一部取り外されているなど、想像もしていなかった。一キロほど進んだところで、通路が塞《ふさ》がれていることに気づき、リフトグリップを手放した時には遅かった。少女の体は慣性の力によって飛ばされ、通路を塞ぐビニールテープを破って外に放り出された。

その際、シャフトに仮置きしてあった消火剤のタンクにぶつかったらしく、噴出した消火剤のガス圧をまともに浴びる羽目になったのは、最悪の二段重ねだった。少女はその圧力に押され、人工太陽の柱から引き離された。無重力帯の虚空に、他に手がかりになるものがあるはずもなく、少女はコロニーの円心部を漂う塵《ちり》になった。ガス圧と人工対流に翻弄《ほんろう》され、三千メートル下の内壁に押しやられる無力な塵になった——。

人工太陽の柱が刻々と遠ざかる。流れる雲と、内壁にへばりついた街の灯がじりじり近づいてくる。コロニーに働く遠心重力は、内壁に触れない限り作用しない。うまくすればソフト・ランディングできそうに思えるが、問題は、1Gを発生させるために要する回転速度だ。ここからはゆっくりした動きにしか見えないが、コロニーの内壁は時速六百キロを超える速度で回転しており、少女の体はその回転の埒外《らちがい》にある。このまま内壁に近づけば、高速で押し寄せるビルの壁にでも当たってぺしゃんこになってしまうだろう。

かと言って、無重力帯で助けを待つという選択肢もない。その予兆はすでに始まっていた。コロニー内の空気全体を震わせるような、ドーン、ドーンと連続する震動音。あれは人工太陽に電力が通う音だ。周囲の空気を灼熱《しゃくねつ》させながら光り輝く、照明ユニットの放列が目を覚ましつつある音だ。

死にたくない。いや、死ぬわけにはいかない。少女はあきらめずに四肢を動かし、少しでも人工太陽のサービス・ルートに近づこうとした。死は常に覚悟しているが、こんな死に方は容認できない。自分を守るために死んでいった将兵たちも、いまは亡き父と母も、こんな無様な死を迎える自分を許してはくれないだろう。

その想像は、死そのものより恐ろしかった。必死にもがく少女を嘲笑《あざわら》うかのごとく、人工太陽は通電の音を周囲に押し拡げ、照明ユニットは次第に明るみを帯びていった。

※

食堂のすぐ隣に、プチモビが立ち働く出荷場があるのがありがたかった。そこに最新型のトルロ社製800型、通称《トロハチ》が無人のまま駐機されていたことも、この時のバナージには望外の幸運と言えた。

トイレ休憩にでも行ったのか、カードキーは差し込んだままになっている。バナージは《トロハチ》のコクピットに乗り込み、動力が生きていることを確かめた。「おい、おまえ……！」と怒声を発した作業員に、「危ないですよ！」と怒鳴り返し、床のメス部に接合してあった脚部のフックを解除する。「誰だ！　勝手に動かすんじゃない」と追いすがってきた中年の作業員を無視し、《トロハチ》を一歩前進させたところで、緑色のボールが作業員のヘルメットにぶつかり、その勢いを使ってコクピットに飛び込んできた。「ハロ……!?」と思わず呟いたバナージは、律儀にあとを追いかけてきたハロを膝《ひざ》の間に挟み、半球状のキャノピーを閉じた。

最低限の安全確認をしてから、脚部のマグネットをオフにする。短い足で床を蹴った《トロハチ》の機体がふわりと浮かび上がると同時に、バナージはフットペダルを踏み込んだ。背部に背負ったスラスター・ポッドを点火させ、《トロハチ》はコロニー内に面した搬出入口に向けて一気に加速した。

コロニーの先端部、内壁から無重力工業ブロックに至る急な斜面は〝山〟と呼称され、その名の通り剝《む》き出しの岩肌と植樹がすり鉢状の気密壁を覆っている。内壁から見上げた場合、それは標高三千メートル級の山――有名な〝フジヤマ〟もかくやと思わせる外観を呈しており、雲に隠れた山頂付近にはケーブルカーの駅や、無重力帯を往来する運搬船の搬出入口が複数設けられている。吹き寄せる人工対流に機体をもてあそばれながらも、バナージは闇に沿って前進した。《トロハチ》はそのひとつから飛び出し、人工太陽の柱を漂う人影を求めて目を走らせた。

暗視カメラに頼るまでもなく、漂流する人影を発見することができた。その不思議さを知覚する余裕は持てずに、バナージは《トロハチ》のスラスターを噴かした。真空で扱うのと違って、機体が重い。コロニー内に詰まった膨大な空気が壁になり、機体の震えが操《そう》縦桿《じゅうかん》にまで伝わってくる。無茶なことをしている、と感じる理性が一瞬こめかみをよぎり、すぐに消えた。

人工太陽の照明ユニットは仄《ほの》かに明るみを宿していた。完全に点灯し、周辺の空気が灼熱化するまで、もう間がない。バナージは対物感知センサーを作動させ、目標までの距離と相対速度の数値をコンソールのディスプレイ上に読んだ。デブリの回収と同じ要領だが、相手は生身の人間だ。乱暴な接触の仕方をすれば、轢《ひ》き殺すのと同じ結果を招きかねない。

人影との距離が詰まる。ケープの上着がはためき、細い四肢と体のシルエットがキャノピーごしに見える。女だ、と直観した刹那《せつな》、横合いから吹きつける対流に機体が揺さぶられ、バナージはあわててスラスターの推力を調節した。衝撃で浮き上がったハロが、（シッカリ、シッカリ）と目を点滅させる。

　スラスターをもうひと噴かしした《トロハチ》が、一気に人影に近づく。その音と光に気づいたらしく、虚空を漂う人影の目がこちらを見る。それはエメラルド色の瞳《ひとみ》だった。闇夜の中でもはっきり光を宿す、磨き抜かれた宝石のような瞳だった。

　その瞬間、生身の存在感が全身に迫ってきて、バナージは咄嗟《とっさ》にキャノピーを開放していた。考えてしたことではない。無骨なプチモビのマニピュレーターで捕捉《ほそく》するには、目前の肉体は脆《もろ》すぎると本能的にわかったのだ。

　轟然《ごうぜん》と吹きつける風が目と口を塞ぐ。開放したキャノピーが風を孕《はら》み、《トロハチ》の機体が大きく傾く。片手で操縦桿を操り、機体の姿勢をなんとか維持しながら、バナージはもう一方の手をコンソールごしにのばした。風にあおられる少女の目が見開かれ、その手がこちらに向かってのばされる。目と目が合い、《トロハチ》の機体が人影をかすめた一瞬のあと、バナージは少女の手を握ってコクピットに引き入れていた。

　直後、人工太陽に灯がともり、すさまじい白色光が《トロハチ》を包み込んだ。少女の華奢《きゃしゃ》な体躯《たいく》を全身で受け止めつつ、バナージはキャノピーを閉じてフットペダルを踏み込んだ。瞬時に灼熱化した空気が膨脹し、歪《ゆが》みながら押し寄せてくる恐ろしい光景は見なかった。ほとんど爆発的な光に押しやられるようにして、《トロハチ》は内壁の方に降下していった。

閉まりきる前のキャノピーから風が吹き寄せ、紫色のケープが顔に覆い被さる。バナージは動揺し、必要以上にフットペダルを踏み込んでしまった。すぐにケープを剝《は》ぎ取って視界を確保したものの、その時には人工太陽を内壁から支える巨大な支柱が目前に迫っており、コロニーの回転速度――旅客機《りょかくき》にも匹敵する速度で迫る鋼鉄の柱が《トロハチ》の機体をこすっていた。

衝撃音がコクピット内に響き渡り、じんと痺《しび》れた頭から意識がつかのま遠のく。眼下を流れる街並みが回転し、急速に近づいてくる。膝上に乗った少女が「落ちる……！」と叫び、その胸の膨らみがぎゅっと肩に押しつけられるのを知覚したバナージは、パニックの一歩手前で踏み留まることができた。「なんとかする！」と叫び返し、残像を引いて流れる内壁の地形に目を走らせる。慣性を打ち消して上昇する推力はないし、内壁と相対速度を合わせられるだけのパワーも《トロハチ》にはない。一秒未満で判断を下してから、バナージは操縦桿を握り直した。

最大推力で《トロハチ》を前進させつつ、高度を下げてゆく機体をできる限り制御し、軽工業地区と住宅地区の境界線を走る幹線道路の上に移動する。速度計は時速二百キロを超え、空気の流れを受けてまだ上昇しているが、それでも内壁との相対速度は時速四百キロ近く。車も人通りもほとんどない道路の様子を眼下に確かめ、行けるさ、と内心に呟《つぶや》いたバナージは、《トロハチ》の高度を意図的に下げ、流れるビル群の狭間《はざま》に飛び込んだ。

必死にスラスターを噴かす《トロハチ》を押し潰《つぶ》そうとするかのごとく、コロニーの回転速度に乗った道路がうしろから前へすり抜けてゆく。高度五メートルまで降下し、すさまじい勢いで流れ去る高架の下をくぐった《トロハチ》は、しかし背後から押し寄せる空気の壁に押しつけられ、そのまま高度を下げ続けた。バックミラーを見、猛然と迫る街灯やエレカを右に左にと回避したバナージは、高度計がゼロを指す直前、「歯を食い縛《しば》って！」と叫んでいた。

《トロハチ》の足底が道路に触れ、途端に遠心重力の虜《とりこ》になった機体が突き飛ばされたかのように背後に倒れ込む。路面との相対速度は三百キロを割っていたが、プチモビの衝撃《ショック・》吸収装置《アブソーバー》では追いつかない、骨がばらばらになるほどの衝撃であることは間違いなかった。衝撃と轟音が頭蓋《ずがい》を攪拌《かくはん》し、コンソールからエアバッグが噴き出す。ハーネスが肩に食い込む激痛と、少女の細い腰に回した手のひらの感触を最後に、バナージの意識は混沌《こんとん》に投げ出された。

全身を押し包む轟音も、仰向けの状態で路上を滑る機体の振動も遠くなり、噴き上がるアスファルトの破片が暗くなった視界を覆ってゆく。その中に車止めらしい鉄柵《てっさく》が混じり、土くれが入り混じった直後、最大級の衝撃が頭上からのしかかってきて、すべてが闇に包まれた。

抉《えぐ》れた土くれがキャノピーの割れ目からこぼれ落ち、顔に当たる。（キンキュウ、キンキュウ！）と繰り返すハロの声のけたたましさに、バナージは目を開けた。肩と首の痛みに顔をしかめつつ、ところどころ砕けたキャノピーごしに空を仰ぐ。全体がぼんやりと明るい、いつもの見慣れた空がそこにあった。反対面に位置する内壁の街は光の中に溶け込み、光源の人工太陽の在《あ》り処《か》さえ定かでない。密閉型コロニーの曖昧《あいまい》な空がそこにあった。

その光に照らされ、胸の中で眠る見慣れない顔がひとつ――。ろくに頭が働かないまま、バナージは胸に押し当てられた知らない顔を見下ろした。自分とさして歳の変わらない少女だった。風で乱れたショートの髪は美しい栗色で、肌理《きめ》細かい肌は透き通るように白い。先刻、一瞬だけ見た瞳……網膜に焼きついている鮮烈なエメラルド色は、閉じ合わされた長いまつ毛に隠れて見えなかった。

細いうなじから香水混じりの柔らかな体臭が立ち昇り、油が染みついたバナージの鼻をくすぐった。いまさらながら動悸《どうき》が早まってきて、バナージは体に密着した少女の体をそっとずらした。息をしていることを確かめてから、《トロハチ》のキャノピーを開き、少女を座席に残してコクピットから這《は》い出す。

緑地化公園の車止めを突き破り、芝生を抉って丘に激突したらしい《トロハチ》は、その寸詰まりのボディを半ば土砂の中に埋めていた。ここからは見えないが、幹線道路の路面も盛大に抉れているに違いない。まるで隕石《いんせき》でも落下したようなひどいありさまだった。

見渡す範囲に人の姿はなく、うっすら靄《もや》をかぶった早朝の公園は、スズメの声だけが聞こえる静けさに包まれている。これが大勢の人が出歩いている昼間だったら……と思うと、とんでもないことをやらかしてしまった、という実感がようやく這い上がってきて、バナージは膝《ひざ》が笑い出すのを感じた。じきに警察や消防署が駆けつけ、コロニー中が大騒ぎになる。自分も逮捕されるかもしれない。人命救助のためといっても、勝手にプチモビを持ち出し、街を壊してしまったのだから、簡単には済むまい。もしかしたら退学処分に――。

瞬間、足首をつかまれ、ぐいと引っ張られた。《トロハチ》の上に立っていたバナージは呆気《あっけ》なくバランスを崩し、声を出す間もなく地面に叩《たた》きつけられた。

剝き出しの地肌に顔面と腹を打ちつけ、つんとした痛みが鼻の奥で拡散する。一瞬、息ができなくなりながらも、バナージは地面に両手をついて起き上がろうとした。が、すかさず上から覆い被さってきた何者かの方が早く、バナージは再び顔面を土の中に埋もれさせることになった。

「誰か⁉」

うつ伏せになったバナージの腰に膝を押し当て、背後から右手を捻《ねじ》り上げた何者かが言う。それだけで完全に身動きが取れなくなったバナージは、首をめぐらせて声の主を見ようとした。視界の端に映ったのは、あのエメラルド色の瞳だった。

磨き抜かれた宝石の輝きが、威圧する冷たさを放ってこちらを見下ろしている。土でじゃりじゃりする口を動かし、「誰かって……」とバナージは呻《うめ》いた。

「君が、太陽のそばを漂ってるのを見たから、それで……」

華奢に見える少女が、軍人のような硬い口調で喋《しゃべ》り、自分を押さえつけている現実が理解できなかった。少女は警戒を緩めず、（バナージ、バナージ、元気カ？）とハロの場違いな声が頭上を駆け抜ける。背後を振り返り、《トロハチ》のコクピット内で跳ねるハロを見たらしい少女は、バナージの右手を捻《ひね》り上げる力を心持ち弱くした。「このコロニーの人？」との問いに、バナージが頷《うなず》くのを待ってから、腰に押し当てていた膝を外して立ち上がる。

バナージが自由になった身を起こすまでに、少女は《トロハチ》のコクピットに這い上がり、まだ電源が入ったままのコンソールをチェックしたようだった。謝るでも礼を言うでもなく、「これ、まだ動くわ」と振りかけられた声に、バナージはわけがわからずに目をしばたたいた。

「私、急いでいるの。コロニービルダーの入口まで送ってもらえない？」

コンソールから半身を乗り出し、なにごともなかったかのように続ける。「コロニービルダーって、〈カタツムリ〉に？」とバナージが聞き返すと、少女は逸《そ》らさない目を返事にした。

「無理だよ。あそこは立入禁止になってるし、君も病院に行ってみてもらわないと……」

「あなたがうまくキャッチしてくれたから、怪我はしてないわ。お願い、急いでいるの」

「無理だって！　勝手にこいつを持ち出してきただけだって、懲罰ものなんだ。下手すりゃ免停になっちまう」

必死に弁解している自分も、なぜ逆らうのかという顔で聞いている少女も、もはや異常を通り越して我を失っていると思ったが、少女はあくまで冷静だった。コクピットから飛び降り、「時間がないのよ」と押しかぶせた声には、微《かす》かな焦燥の色が滲《にじ》んでいた。

「会って、話をしなければならない人がいるの。急がないと、取り返しのつかないことになる」

「なんだよ、それ。なにが起こるって言うんだ」

「戦争よ。また大きな戦争が起きてしまう。いまなら、まだ止められるかもしれない」

どくん、と心臓が跳ね、バナージは少女の目を見返した。底深いエメラルド色の瞳《ひとみ》は、正気を失っているのでもなければ、同意を求めているのでもない。ただ、そうしなければならないという強い意志を放っており、バナージは吸い込まれそうな力をそこに感じた。風に乗ってパトカーのサイレンの音が聞こえてこなければ、その場で頷いてしまっていたかもしれなかった。

サイレンの音は一方向からだけでなく、複数から取り囲むように近づいてくる。背後を振り返った少女は、決断を促す目をバナージに向け直した。奥底で身じろぎするなにかを押し殺し、少女の瞳から視線を引き剝《は》がしたバナージは、「無理だ。いけない」と応《こた》えた。少女は微かに顎《あご》を引き、目の光を曇らせたのも一瞬、すべてを遮断する冷たい目でバナージを一瞥《いちべつ》した。

「意気地《いくじ》のない人……！」

ぽつりと呟き、振り向きもせずに走り出す。その声が胸の深いところに突き刺さり、体の傷より鋭い痛みを全身に伝播《でんぱ》させるのを感じながら、バナージは少女の背中を見送った。

「なんなんだよ、あいつ……」

口中に残った土と一緒に吐き出してから、名前を聞く暇もなかったと思い出す。少女の背中は朝靄の中に消え、代わりにパトカーの群れが、靄で滲んだ赤色灯をバナージの視界に映えさせた。

2

宇宙の星空を、プロペラの複葉機が飛ぶ。ガソリンを燃焼させて発動機を回す、中世紀《ちゅうせいき》のクラシカルな飛行機だ。

ぼんやりとそれを眺めながら、リディ・マーセナスはその複葉機に乗って大空を飛ぶ自分を夢想してみる。飛行帽にゴーグル、首には白いマフラーをたなびかせ、アクロバティックな戦技飛行で敵機を翻弄《ほんろう》する撃墜王。パイロットたる者、やはりそうであらねばならない。プロペラ機がジェット機に取って替わられ、ついには熱核ロケット装備の宇宙戦闘機に進化しても、パイロットは孤高の騎士であるべきだ。古株の下士官に怒鳴りつけられたり、先輩のパイロットに顎でこき使われたりなどという事態は、パイロットにあってはならない。そんなものは海軍から引き継いだ悪しき伝統で、空軍という独立独歩の気風を持つ足場を手に入れた中世紀以降のパイロットは、一般の兵士とは隔絶した特別の存在でいなければならない。少なくとも、その気概《きがい》を忘れるべきではない……と思っていた。

しかるに、現実は厳しい。

(リディ少尉、隊長がお呼びだよ。艦長室まで来いってさ)

宇宙の一画に四角いウインドが開け、機付長のジョナ・ギブニーが髭面《ひげづら》をにたりとさせて言う。この艦の整備兵の中では最古参、相手が士官でも平然と怒鳴りつける先任兵曹のひとりだ。リディはリニア・シートに座り込んだまま、「なんでいつもおれなんです」と口をとがらせた。

（艦長室へのお使いだ。お坊っちゃんには似合いの仕事だろ）

「おれだって士官なんだ。生まれや育ちは関係ないでしょ」

（そういうセリフは、一機でも敵を墜《お》とした奴が言うんだよ。さっさと行け！）

コクピット中に響き渡る怒声を残して、ギブニー機付長の顔は消えた。リディは仕方なく全天周《オールビユー》モニターを消し、頭上に浮かぶ複葉機のプラモデルをそっとつまんだ。シミュレーション用の宇宙画像が消えると、球形の内壁に張り合わされたディスプレイの継ぎ目が露《あらわ》になり、コクピットは途端に狭くて殺風景なモニター室に様変わりする。複葉機のプラモをビニールシートでくるみ、ディスプレイ裏の備品入れにしまい込んだリディは、しぶしぶコクピット・ハッチを開放した。背を屈めてどうにかくぐれるほどのハッチが正面に開き、溶接の音やクレーンの音、鉄のこすれ合う音が一気にコクピットに吹き込んでくる。

そして、それらの喧噪《けんそう》を背に、整備兵用のジャンプスーツに身を包んだギブニーの白い目が一対。リディはリニア・シートを蹴《け》り、涼しい顔でコクピットの外に体を流した。ギブニーは中空に浮かべた体を身じろぎもさせず、「またコクピットで瞑想《めいそう》か？」と険悪な声を寄越した。

「愛機との一体感を深めてるんだ。感心でしょ？」

「おもちゃ持ち込んどるくせに！」

「勝手にいじって、壊さないでくださいよ。絶版で、簡単には手に入らないモデルなんだから」

規律とマイペースの折り合いをつけ、嫌味も皮肉も溜《た》めずに受け流しあう。艦内勤務の極意に従い、リディはお使いの書類を受け取りつつその場を離れた。「知るか、マニアめ！」と捨てゼリフを残し、ギブニーはリディと入れ替わるようにコクピットにもぐり込んでゆく。彼の部下である新米の整備兵たちがあとに続き、手に手に工具を携えた宇宙服《ノーマルスーツ》が四つ、上下左右からコクピット・ハッチを覗《のぞ》き込む格好になった。

ギブニーの一挙手一投足に真剣な眼差しを注ぎ、入り用の工具を迅速に手渡すのが彼らの仕事になる。このデッキは平時には空気が充塡《じゅうてん》されているのだから、かさばる作業用ノーマルスーツを着る必要はないのだが、ギブニーは新米たちに常時着用を義務づけて憚《はばか》らない。『不意打ち食《く》らって、隔壁にいきなり穴が開いたらどうする。外に吸い出されたら、体じゅうの血が沸騰して、あっちゅう間に死ぬんだぞ』というのがギブニーの言い分で、彼は実際、これまでに乗務した艦でそうした光景を目の当たりにしてもいる。一年戦争経験者、いわゆる戦中派の言葉の重みというやつだ。

艦に配属されたばかりの頃は、リディもその重みに敬意を払い、デッキに入る際にはパイロット用のノーマルスーツを着込んだものだが、いまではジャンプスーツにフライトジャケットの軽装で通している。航宙艦艇に乗務する以上、不意打ちを食らえばどこにいても死ぬのだし、なにしろギブニー自身、警報が鳴るまでノーマルスーツを着ようとしないのだ。背中からも緊張が窺《うかが》える新米たちを見、かわいそうに……と内心に呟《つぶや》いたリディは、そこに我が身の悲哀も重ね合わせ、お使いの書類をぶちまけたい衝動に駆られた。鼻息ひとつでそれを押し留め、少しのびてきた金髪をごしごしこすってから、ワイヤーガンを使って隔壁の方に移動する。

ワイヤーに引っ張られ、隔壁に設《しつら》えられたキャットウォークに近づくと、遠ざかる愛機の全体像が見えてくる。直線と平面が工学的な美しさで交わりあい、全体でひとつの人型を形成するミディアムブルーの機体。背部に可変用のブースター・ユニットを装備したRGZ‐95《リゼル》は、そのブースターの機首が頭部のうしろから突《つ》き出しているため、一般的なモビルスーツより一回り大きく見える。腹部のコクピット前で頭を寄せ合うギブニーの部下たちは、こうして見ると《リゼル》の拳《こぶし》にも満たない小ささだった。

七層分の天井をぶち抜いた広大なMS甲板《モビルスーツ・デッキ》には、他にも同機種の《リゼル》が七機と、地球連邦軍の主力機たるRGM‐89《ジェガン》が四機並び、各々のハンガーで整備を受ける姿がある。《ジェガン》は汎用機《はんよう》、《リゼル》は最新型の可変モビルスーツ《TMS》に分類されるが、どちらも連邦軍モビルスーツの雛形《ひながた》、RGM-79《ジム》の設計を引き継いでおり、全体的なフォルムはさほど変わらない。特に共通する意匠は頭部の光学センサーを覆うゴーグル状のバイザーで、リディの乗機、胸にNA-R008の識別ナンバーが記された《リゼル》では、その目に相当するバイザー面の拭《ふ》き掃除《そうじ》が開始されたところだった。

流線型が美しい有翼機の姿はどこにもなく、ふた昔前のカートゥーンに出てきそうな人型のマシーンがずらりと並ぶ。子供の頃、アジア旅行で見た巨大な仏像群を彷彿《ほうふつ》とさせる光景に、リディはあらためて辟易《へきえき》とするものを感じた。航空機の美しさは空、つまり空気抵抗との折り合いの中から導き出されたものであるから、真空の宇宙で使用する機体が別の体系を構築するのは当然のことではある。だが、曲がりなりにも航空機のフォルムを残していた宇宙戦闘機が消え、モビルスーツなどという〝ロボット〟に取って替わられるようになったのは、リディが六歳の頃に起こった一年戦争のせいだった。

物理学に革命をもたらしたと言われる新粒子——ミノフスキー粒子が発見され、あらゆる電子機器が無力化されるような事態にならなければ、接近戦に主眼を置いた人型の兵器が開発されることはなかった。その始祖にして傑作機、ジオン公国軍の《ザク》が赫々《かっかく》たる戦果を挙げ、国力では圧倒的に優る地球連邦軍を敗北寸前まで追い込むようなことがなければ、複葉機の子孫たる宇宙戦闘機がこの格納庫に並んでいたはずなのだ。

無論、戦闘機が完全に消滅したわけではない。連邦空軍の主力機、ＴＩＮコッドⅡは航空機らしいフォルムを持つ戦闘機だし、宇宙軍にも長距離支援用の戦闘機は残っている。しかし、それらは総じて古く、新規開発の予算も打ち切られて久しい。ことに空軍は、地球上におけるジオン残党の掃討作戦が完了して以来、失業対策の場に成り果てた感がある。いかに飛行機好きとはいえ、好成績で士官学校を卒業した身には魅力的な進路とは言えなかった。

結果、リディはここにいる。パイロットとしてモビルスーツを与えられ、連邦宇宙軍屈指の巨艦に乗務している。子供の頃から思い描いた夢の実現……それも〝家〟の重力を振り切ってまで実現したにしては、理想とかけ離れた日々。往年のスマートな飛行機野郎は滅び去った世界で、先輩のパイロットや古参兵から『お坊っちゃん』と侮られ、顎《あご》でこき使われる日々を生きている。

どこへ行っても逃れきれない〝家〟の重力を思えば、妥協できる環境ではあるが。腹の忿懣《ふんまん》を騙《だま》し騙し、キャットウォークの手すりに手をかけた時、「なんだ、あの不細工な戦車《タンク》もどきは」という声がリディの足もとを流れた。ワイヤーガンに引っ張られて眼下を横切るパイロットのひとりが、デッキの片隅に置かれた二台の車両を憎々しげに見つめていた。

全長十メートルを超える茶褐色の車体に、巨大なキャタピラを履いたそれらは、確かに戦車か装甲車と形容されるべきなにかだった。〈ルナツー〉を出港する間際、三十名あまりの運用人員とともに急きょ運び込まれた代物だ。リディがそちらを注視する間に、「特殊部隊の連中が持ち込んだんだろ?」と別の誰かの声が流れる。

「いままで幌《ほろ》なんかかけちゃってさ。うちの整備の連中にも触らせなかったってんだから」

「人殺しのマンハンター部隊か。胸糞悪《むなくそわる》ぃ客人だよな」

聞こえよがしの悪態に、車体の整備をしていた〝客人〟――連邦宇宙軍特殊作戦群・E《エ》C《コ》O《ー》A《ズ》Sの隊員が鋭い一瞥《いちべつ》を投げる。パイロットたちは悪びれる様子もなく、ワイヤーに引かれて彼らの頭上を通過してゆく。荒くれというより、いっそチンピラと表現した方が相応《ふさわ》しい子供じみた所業に、リディはまた嘆息を吐きたくなった。

人狩り部隊《マンハンター》の異名を持つエコーズの評判は、決して芳しいものではない。常に艦の乗員《クルー》と一線を画し、持ち込んだ装備にも幌をかけて近づけないような、徹底した秘密主義にはリディだって腹が立つ。が、だからといって、非礼には非礼を返せというのではあまりにも大人げない。どだい、訓練も編制も海軍式に倣《なら》っている宇宙軍は、艦ごとの身内意識が強すぎる。ギブニーのような先任兵曹がでかい顔をしているのも、階級より経験を重んじる海軍式の悪癖だ。宇宙〝船〟という概念に捕らわれ、船乗り気質《かたぎ》を宇宙に持ち込んだことがすべての元凶なのだ。

航宙艦艇を巨大飛行機と捉《とら》え、空軍の気風に倣っていたら、個人の独立独歩を旨とする風通しのいい組織になっていただろうに。詮《せん》ない愚痴を反芻《はんすう》しつつ、リディはエコーズのタンクもどきを見下ろした。目的地が近づいてきたからだろう。幌を外した車体に取りつき、各部の整備を寡黙にこなす隊員たちの背中は、その一画だけ別世界と思える異質な緊張感を漂わせていた。Tシャツにアーミーズボンというラフな格好だが、無重力下での身のこなしには無駄がなく、いたずらに怒声を飛ばしあうこともない。いかにもなマッチョ体型ではないものの、異様に太い二の腕といい、分厚い胸板といい、まさに訓練によって造られた特殊仕様の肉体と見えた。

そのうちのひとりと目が合った。先刻の野次に一瞥をくれた男だ。仲間の非礼を詫《わ》びるつもりで、リディは愛想笑いを浮かべた。男はにこりともせず、物を見る目でリディを注視したかと思うと、すぐに視線を逸《そ》らして作業に戻っていった。

人が人を見たとも思えない、無機物の冷たさを放つ二つの眼球は、やはりマンハンターの異名に相応しい何者かのものだった。喉元《のどもと》にナイフを当てられた思いで、リディは早々にその場を離れた。

艦の名前は《ネェル・アーガマ》。連邦宇宙軍の独立機動艦隊、ロンド・ベルに所属する強襲揚陸艦で、現在は地球と月の間にある平衡点、L１の暗礁宙域を目前にしている。

あと三時間もすれば無尽蔵に漂う宇宙ゴミ《スペースデブリ》の中に分け入り、総員対空監視部署が発動されるという頃合いだ。

　全長四百メートルに達しようという船体は、モビルスーツの射出カタパルトが艦首に張り出し、両舷《りょうげん》にも同様のカタパルト・デッキが装備されている。艦橋《ブリッジ》は船体中央に馬の首のごとく佇立《ちょりつ》しており、太陽電池パネルを内蔵した巨大な翼が二枚、ブリッジの後方を付け根にして左右に広がっていた。船体を挟み込む形で装備された二基のエンジン・ブロックを後ろ足、両舷のカタパルト・デッキを前足に見立てれば、翼を生やしたスフィンクスか、巨大な木馬に見えなくもない。その点では、一年戦争時に活躍したペガサス級強襲揚陸艦――連邦軍初のモビルスーツ搭載母艦となった《ホワイトベース》の意匠を、強く引き継いだ艦と言えた。

　とはいえ、《ネェル・アーガマ》はどの級にも属しておらず、同型艦も存在しない。強いて言うならネェル・アーガマ級のネームシップ、ワン・アンド・オンリーの艦だ。これは戦後、連邦軍を二分する大規模な内部抗争――グリプス戦役と呼ばれた――が起こった際、正規の国防計画を通さずに設計・建造された艦であるためで、その互換性のなさと取り回しの悪さから、軍の再編計画から除外される羽目になった。グリプス戦役以後、大規模近代化改修《フラムム》が施されたものの、引き受け先となったロンド・ベルも扱いに苦慮しており、艦隊編制の一翼を担《にな》っているとは言いがたい。連携が取りにくいという理由で随伴艦《ずいはんかん》も付けられず、もっぱら単艦運用されているのが実状だった。

宇宙軍の外郭団体とも言うべきロンド・ベルにあって、さらに外様《とざま》に置かれた艦……であるなら、疎外感が歪《ゆが》んだ結束意識を生み出し、因習や、排他的性質を発達させてしまうのも仕方のないことではあるか。収まりきらない忿懣をそんな言葉で紛らわしつつ、リディはモビルスーツ・デッキを出て艦の中央に向かった。

悪いことばかりではない。外様の立場は、リディにはむしろ望むところだったし、そうした空気を心地好く思っている自分がいないわけでもない。ロンド・ベルへの配属を志願したのがリディ自身なら、《ネェル・アーガマ》に配置されたのも立場や適性を考慮されてのことだ。これが基幹艦隊への配属だったら、息苦しさはこんなものでは済まなかっただろう。上からは腫《は》れ物《もの》扱いされ、周りからは邪魔物扱いされて、なにもさせてもらえずに飼い殺しの憂き目に遭っていただろう。

〝家〟の重力はそれほどに強い。連邦中央議会の大物議員、ローナン・マーセナスの長男。過去に首相を輩出したこともある政治家一族、マーセナス家の栄えある嫡子《ちゃくし》。そんな御方がモビルスーツのパイロット？　あり得ない。きっと一任期だけ務めて、除隊なさるのだろうさ。政治家のご子息が士官学校に入るのはめずらしいことじゃないからな。連邦軍での出世が政治家への早道って話もあるくらいだ。未来の将官どもと同じ釜《かま》の飯を食っておいて、軍とコネを作っておこうって魂胆だろ……。

違う、と百万回繰り返しても、その手の陰口が絶えることはない。おれは政治家になるつもりなんかない。パイロットになるのが夢で、家の反対を押しきって士官学校に入ったんだ。士官学校で四年、モビルスーツ教導隊で一年、それらの反論の虚しさをたっぷり味わったリディは、だからもう陰口と向き合うのはやめた。代わりに、少しでも中央から遠ざかれるところに行く方法を模索した。将来の出馬を視野に入れ、自分に恩を売っておこうとする将官がいないところ。出世をあきらめたはぐれ者どもが集うところ。『お坊っちゃん』と嘲《あざけ》りはしても、そこには悪意も打算もなく、自分を当たり前のパイロットとして扱ってくれるところ――。

もっとも、こうまで使い走りにされるのは想定外だったが。内心に苦笑して、リディはリフトグリップを手放した。そのまま慣性に乗って通路を流れ、重力ブロックに向かうエレベーターの前で体を止める。ちょうど到着した箱には、一期後輩のブリッジ要員、ミヒロ・オイワッケンの顔があった。

「あら。お使いですか?」「そんなとこ」と言葉を交わした二人を乗せ、エレベーターは動き出した。《ネェル・アーガマ》の艦内には、ドラム状の重力ブロックが内包されており、コロニー同様、回転による遠心力でドラムの内壁に重力を発生させている。無論、小さな直径のものなので、微弱な重力しか生まないが、固定されていない物を床に留める程度の働きはある。長期航行の際、特に食事や軍医の治療を受ける時に重宝する設備だった。

エレベーターは重力ブロックの側面を走るシャフトを通り、ドラムの回転軸部に到達する。再びドアが開くまでの間、二人は今回の急な出港と、いまだ明かされていない作戦内容について情報を交換し合った。目的地は暗礁宙域にある工業コロニー、〈インダストリアル７〉であること。作戦の主軸はエコーズが担い、《ネェル・アーガマ》は彼らの足代わりに使われているらしいこと。

「〈インダストリアル７〉って、アナハイムの工業コロニーだろ。コロニー再開発計画で、暗礁宙域に新しいサイドを造る足掛かりにするとかなんとか……。そんな場所に『袖付《そでつ》き』の拠点があるとは思えないけどな」

「詳しいことはわかりませんけど。ブリッジ、空気悪いですよ。マンハンターの足に使われてるだけでも気分よくないのに、実戦になりそうなもんだから。レイアム副長なんか、マンハンターの口を割らせろってオットー艦長に嚙《か》みついて……」

「あのオバハンに食いつかれちゃたまんないな。オットー艦長、たじたじだったろ」

「そりゃもう。あの人が実戦の指揮を執《と》るところって、想像つかないですよね」

そう言うミヒロこそ、実戦という言葉とは縁遠い顔をしている。ダークブラウンの目と髪《かみ》は東洋の血を色濃く残し、グレーの士官制服に包まれた背丈はリディより頭ひとつ小さい。そのコンプレックスをバネにしてか、士官学校では〝チビ戦車《スモールタンク》〟のニックネームを頂戴《ちょうだい》するほどの頑張りを見せていたが、さりとてぴりぴりしたところがなく、穏やかな気質を失っていないのがミヒロという女性士官だ。よく動く利発そうな瞳《ひとみ》は、チビ戦車というよりリスかなにかを想起させる。

そのミヒロは、ロンド・ベルに配属されて半年あまりの二十二歳。一年先輩のリディも、モビルスーツ教導隊を経て配属されたため、どちらも《ネェル・アーガマ》が初乗務艦の初任幹部ということになる。地球圏で起こった最後の戦争——『シャアの反乱』と呼ばれるジオン残党との戦いからもすでに三年が経《た》ち、有事即応を旨とするロンド・ベルでさえ実戦から遠ざかっている現在、実戦を経験していない者の数は少なくない。近年、『袖付き』と仇名《あだな》されるゲリラ組織の動きが活発化し、ロンド・ベル麾下《きか》の部隊が幾度か交戦してはいるが、外様の《ネェル・アーガマ》は討伐戦に担ぎ出されたこともなかった。実戦のなんたるかを想像できないのは、リディたち初任幹部に限った話ではない。

「実戦、ねぇ……。マンハンターを乗っけてるからには、演習ってことはないよな」

「嫌ですね。民間のコロニーで隠密作戦だなんて。〈インダストリアル7〉には、アナハイムが経営する学校もあるんですよ？」

自身、まだ学生と言っても通用しそうな童顔を曇らせて、ミヒロは言った。東洋人らしい肌理《きめ》の細かい肌を見下ろし、少し荒れているな、とリディが思った時には、重力ブロックに到着したエレベーターのドアが開いていた。そのままブリッジに向かうミヒロと別れ、リディは通路全体が回転して見える重力ブロックのシャフトに体を流した。

通路に足をつけると、途端に遠心重力の虜《とりこ》になった骨身が軋《きし》み、めまいに似た感覚が襲いかかってくる。壁の手すりをつかみ、全身の血が押し下げられる不快感に顔をしかめたリディは、食堂から上がってきた砲術員と入れ替わりに別のエレベーターに収まった。艦長室は、もっとも重力の強い最下層の内壁にある。シャフトから五十メートルあまりも下降するうちに、無重力でふやけた体が刻々と重くなり、併せて気分も重くなるのが感じられた。

事実、艦長室は重い空気に包まれていた。申告後、「入ります！」の一声とともに室内に足を踏み入れたリディには、その原因がすぐにわかった。

《ネェル・アーガマ》の艦長室は執務室と応接室からなり、応接室だけでも六十平方メートルを超える大きな空間を確保している。モビルスーツの搭載量が戦力の多寡《たか》に直結する現代の艦艇事情に鑑み、艦がやたらと大型化する一方、維持運用に関わる設備はそれほどの容量を必要としなかったからで、結果的にこのような贅沢《ぜいたく》な空間の使われ方が可能になった。いま、その応接室には艦長のオットー・ミタス大佐を始め、砲雷科や航海科の責任者たちが集まっていたが、部屋の空気を重くしているのは彼らではなかった。倦《う》んだ気配を漂わせる艦長らとは対照的に、のばした背筋を微動だにさせない精悍《せいかん》な中佐と、彼ら軍服の群れと向き合う格好でソファに収まる背広の集団——この艦に同乗する厄介な〝客人〟たちが、応接室に重い沈黙を張り巡らせているのだった。

どこか、〝家〟の空気を思い出させる澱《よど》んだ湿度だった。部屋に入ってすぐ、MS《モビルスーツ》部隊長を務めるノーム・バシリコック少佐と顔を合わせたリディは、他の面々とは目を合わせないようにして使いの書類を差し出した。そのまま回れ右で部屋を辞そうとしたが、「サインをする。そこで待て」とノーム隊長に言われれば、直立不動で待機するよりなくなった。

L字型に並んだソファの一画に座り、憮然《ぶぜん》と編制表にサインするノームの傍らには、めずらしく制帽をぬいだオットー艦長の頭がある。戦闘時にはノーマルスーツを着なければならない都合上、乗艦中は制帽の着用が免除されているのが宇宙軍だが、オットーは通常配備の時は決して制帽を手放さない。後退した額をカバーするためであることは、艦内では公然の秘密だった。〝ハゲを気にするツラかね、あれが〟というクルーの陰口も含めて。

「作戦中の指揮権はエコーズに一元化する、という話は承《うけたまわ》った」

そのオットーが、確かに閑散としている頭を動かして沈黙を破る。町工場のタヌキ親父といった面相に相応《ふさわ》しい、中間管理職の悲哀を染み込ませたいつもの声音だった。

「だが、ロンド・ベルにはロンド・ベルの運用というものがある。せめて作戦の目的くらいは教えてもらいたいものだが……」

「機密事項《じこう》です。自分にはお話しする権限がありません」

オットーの斜向《はすむ》かいに座る精悍な中佐が、にべもなく応《こた》える。エコーズ隊司令、ダグザ・マックール中佐。ぴんとのびた背筋と、張り詰《つ》めた腿《もも》の筋肉は、不意にソファをどかしてもそのままの姿勢を保ち続けるのではないかと思わせる。石でできたような無表情といい、他者を射竦《いすく》めずにおかない鋭い眼光といい、マンハンター部隊の首魁《しゅかい》に似つかわしい見てくれの男ではあった。

ノーム隊長が書類をめくる手を止め、じろりとダグザを睨《にら》みつける。いちばん立ち会いたくない場に居合わせてしまった己を自覚して、リディは直立不動の体を硬くした。対テロ特殊部隊の長として、うしろ暗い任務を数多くこなしてきたダグザの眼力に対し、《ネェル・アーガマ》という外様《とざま》の艦を押しつけられただけのオットーではあまりにも分が悪い。ノームら艦の幹部たちは、押されっぱなしの艦長に明らかに苛立《いらだ》っており、ダグザはそれらの視線を受け止めて泰然としている。まさに今次航海の縮図とも言える場に、リディは立ち入ってしまったのだった。

「しかし、民間の工業コロニーで事を起こそうというんだ。被害を最小限に留めるためにも、ある程度のレクチャーは……」

「そのためにわたしが同行しているのです」

艦長の意地をみせたオットーを遮る声は、ダグザの隣、背広集団のひとりから発せられた。トラディショナルな背広の男たちに挟まれ、ひとり襟の立ったマオカラー風のスーツに身を包んだその男は、手慰《てなぐさ》みにいじっていた《ネェル・アーガマ》の模型をテーブルの上に戻し、一同の目を順々に見渡すようにした。

「これだけはお話ししておきましょう。〈インダストリアル7〉で、ある取引が行われようとしている。『袖付き《そでつ》』の幹部と、ビスト財団のトップとの間でね」

肥え太った頬をにたりとたるませ、男は続けた。ダグザたちエコーズの面々とともに、艦が受け入れた〝客人〟の代表格。アナハイム・エレクトロニクスの重役という触れ込みと、アルベルトなる名前だけが出回っている男は、この時も作戦の実権は自分の掌中にあると言わんばかりの傲慢《ごうまん》な笑顔だった。「ビスト財団と言うと……」と聞き返したオットーの傍らで、ノーム隊長のみならず、ダグザも不快げに目を細める。

「そう。美術品のコロニー移送を行う公益法人というのは表向きの話で、実際にはビスト一族の富と権力を一手に握っている。名義は複数に分散していますが、我が社の大株主でもあります」

壁に掛けられた地球圏の宇宙図を背に、アルベルトは一同の不快を風と受け流した体で答えた。

「無論、〈インダストリアル7〉も我が社の資産です。が、これらに多少の損害が出たとしても、『袖付き』とビスト財団の取引は阻止しなければならない。これはアナハイムのみならず、連邦軍最高幕僚会議の意志でもあります」

二重瞼《ふたえまぶた》のぎょろりとした目はベビーフェイスの類いだが、その言動も、無闇に貫禄《かんろく》を湛《たた》えた体型も、年齢不詳という表現がこれほどぴたりと来る男もない。アナハイム・エレクトロニクスと言えば地球圏最大の軍需産業だが、仮にも民間人のアルベルトたちを作戦に同行させ、キーマンのごとく振る舞うのを許した最高幕僚会議の意志の源はなにか。「そうまでして阻止したい取引というのは……なんです？」と問うたオットーの声は、微《かす》かに震えて聞こえた。

「『ラプラスの箱』です。そう呼ばれているなにかを、ビスト財団は『袖付き』に引き渡そうとしている」

瞬間、澱んだ湿度が吹き散らされ、冷たい風が応接室を行き過ぎるのをリディは感じた。

「『ラプラスの箱』……？」とオットーは眉《まゆ》をひそめる。

「それがなんなのか、『箱』の中になにが詰まっているのか、知る者はほとんどいない。しかし確実にわかっていることがひとつあります。

『ラプラスの箱』が開く時、地球連邦政府はその終末を迎える」

ソファの背もたれに寄りかかるアルベルトの目は、笑っていなかった。苦笑を返そうとして果たせず、ひきつった頰を痙攣《けいれん》させたオットーの傍らで、ダグザが刺すような視線をアルベルトに放つ。

「ビスト財団は、『ラプラスの箱』を隠匿することで栄華を保ってきた。アナハイムとて運命共同体です。どういう目的があるにせよ、正気をなくした財団トップの独走は阻止しなければならない。連邦を覆すような代物が『袖付き』の手に渡ったらどうなるか……。事は重大ですよ、艦長」

どこか自虐的な笑みを浮かべ、アルベルトは言った。押し黙る一同から滲《にじ》み出す懐疑と恐怖の念を前に、リディは嫌な場に居合わせてしまった不幸をあらためて噛《か》み締めた。

※

肉を打ち据える鈍い音は、通路の端《はし》にいてもはっきり聞き取れた。マリーダ・クルスはリフトグリップを手放し、居住区の通路に滞留するフラスト・スコールらの背中を目前にした。

「てめえがしっかりチェックしてねえから、密航されてもわかんなかったんだろうが！」

怒声を張り上げるフラストの肩ごしに、殴られた頬を赤くした若い甲板員《デッキ・クルー》の顔があった。無重力で、互いに靴底のマグネットを床に吸着させているのだから、殴られた方はたまったものではない。フラストが手加減をしても、受け流しようのない鉄拳《てっけん》はまともに頬にめり込む。ふらつく体を直立させ、「言い訳はしません」と返したデッキ・クルーの口もとからは、血の粒が漂い出ていた。

「それはてめえの格好つけだろう！　なんで申しわけありませんでしたって言葉が出てこ

ねぇんだ！」

デッキ・クルーの前髪をつかみ上げ、さらに拳《こぶし》を見舞おうとしたフラストの挙動は、「もういい」と割って入った声に止められた。通路に溜《た》まる五、六人の人垣が割れ、ジンネマン船長の髭面《ひげづら》が覗《のぞ》くのをマリーダは見た。

落ち着いた声音とは裏腹に、キャプテン帽を目深にかぶったその顔には苦渋の色が滲んでいる。〈パラオ〉の本部から暗号電文が届き、〝彼女〟の失踪《しっそう》が告げられてから一時間あまり。広大な地球圏にあって、絶海の孤島と呼ぶに相応しい〈パラオ〉から姿を消したとなれば、そこに出入りする船に密航したとしか考えられない。まさかの思いで船内を徹底検索したところ、備品倉庫に使われている船室のひとつに密航者の形跡が見つかり、《ガランシェール》は上を下への大騒ぎになったのだった。

マリーダも捜索に加わったものの、船内に〝彼女〟の気配はなかった。入港のどさくさに紛れ、すでに外に出たと見て間違いないだろう。その出入りをチェックできなかったのはデッキ・クルーのミスで、フラストが鉄拳を繰り出すのも無理はなかったが、怒ってどうにかなる問題でないことは全員がわかっていた。渋面を突き合わせる男たちをよそに、マリーダは〝彼女〟が忍び込んでいたらしい船室に足を踏み入れてみた。

壁の窓ごしに中央ポートを見渡してから、目を閉じて意識を凝らす。つかみどころのない雑多な人々の気配、人いきれにも似た思惟《しい》の混濁がざわざわと脳髄を震わせ、額のあたりがぼうっと熱くなる感覚があったが、〝彼女〟の気配はやはり感知できない。人が多すぎるのだ、とマリーダは内心に舌打ちした。戦場では研ぎ澄まされる人の気配が、ここでは無秩序に入り混じって滞留している。特定の気配を感知するなど、造り物にできる芸当ではない――。

「このコロニーにいることは間違いないが……。下手に動いて、取引相手に足もとを見られるのはおもしろくない」

戸口の向こうでジンネマンが言う。いつの間にか滲んでいた手のひらの汗を拭《ぬぐ》い、マリーダは通路側に戻った。

「〝彼女〟は、その取引相手のもとに行ったのかもしれないんですぜ？」

「考えられますね。〝彼女〟は、今回の件については最初から反対していた。もしかすると、ビスト財団と連絡を取り合って……」

デッキ・クルーを突き放したフラストに続き、ギルボア・サントが口を開く。腹心二人の顔を一瞥《いちべつ》したジンネマンは、「それはないな」と返してキャプテン帽に手をやった。

「〈パラオ〉にいて、それほど自由に外部と連絡が取れたわけがない。ぶっつけ本番で接触するつもりなんだろう」

おそらくは、『ラプラスの箱』に関する取引の中止を促すために。髭と境目のない剛毛に風を入れ、くたびれたキャプテン帽をかぶり直したジンネマンの目は、苦渋と誇らしさがないまぜになった複雑な色だった。この数年間、〝彼女〟を守ることに心血を注ぎ、保護者代わりを自認してきた男には、〝彼女〟ならそうするという自負にも似た感情があるのかもしれない。ふと想像し、自分にはわからない話だと断じたマリーダは、少し老け込んで見えるマスターの顔から目を逸《そ》らした。

わかるのは、これが組織全体に危機を及ぼしかねない重要事であるという事実だ。〝彼女〟を失えば、『袖付き』は求心力をなくし、ようやく再編されつつある組織に亀裂《きれつ》が生じる。まして、その身柄が連邦軍の手に落ちようものなら、事は『袖付き』という一組織の帰趨《きすう》では済まされない。戦後、十六年の長きにわたって続けられてきたある闘争――もとをただせば半世紀にも及ぶ闘争の歴史が、その瞬間に終わりへの一歩を踏み出す。これまでに支払われた犠牲、流された血のすべてが意味を失い、『袖付き』も、この《ガランシェール》のクルーも、残らず行き場をなくすことになる。

聡明《そうめい》な〝彼女〟に、それがわからぬ道理はない。愚かなことを……と思う反面、〝彼女〟らしいと得心している自分にも気づいたマリーダは、考えるのをやめた。〝彼女〟のことも、『袖付き』のことも、必要な判断はマスターが下す。自分はそれに従えばいい。あれこれ考えて実行の手を鈍らせるのは、平時を生きるまっとうな人間のやることだ。いつもの論理で事象を割り切ったあと、マリーダは指示を待つ目をジンネマンに向け直した。

「マリーダ、頼む。世間知らずのことだ、まだそう遠くには行ってないだろう。痕跡《こんせき》も残しているはずだ」

こちらの視線を感じ取ったのか、ちらりと目を合わせたジンネマンが言っていた。最小限の言葉と息づかいですべてが伝わる、肌に馴染《なじ》んだマスターの声音だった。「了解」と短く返し、マリーダは床を蹴《け》ってその場を離れた。「騒ぎは起こすなよ」と言わずもがなのことを言ったフラストの声を背に、エレベーターに乗ってブリッジ区画に向かう。

垂直離着陸《V-TOL》機能を持つ《ガランシェール》は、船尾を床面とする高層ビルのような構造になっており、船首に位置するブリッジはその最上階に当たる。ポートに係留中のいま、船内はポートの床に対して横倒しになり、エレベーターは水平に移動することになるのだが、無重力下では周囲の物の配置だけが上下感覚を決定する要素になる。十フロア分を〝上昇〟し、ブリッジ区画に出たマリーダは、ブリッジの下方――あるいは後方――にあるサーバー室に入った。通信機や端末のモニターで埋め尽《つ》くされた小部屋には、先刻から端末の画面と睨《にら》みあっているクルーがおり、キーボードを叩《たた》く音が休みなく続いていた。

誰でもアクセスできるコロニー内のローカルニュースはもとより、〈インダストリアル7〉の建設状況から開発図面、果ては工場ブロックの人の出入りまで。係留中はポートのサービス・ケーブルを介し、コロニーのネットに接続できるので、腕のいいハッカーなら大抵の情報は調べられる。中空に漂うコーヒーのチューブを払いのけつつ、「どうだ？」とマリーダは問うた。クルーは振り向きもせず、プリント紙を一枚こちらに放って寄越した。即時配信が売りの地方紙の記事がそこに印刷されていた。

「プチMS《モビ》、公園に不時着。無断使用の学生は人助けを主張している……か」

カチッとなにかがはまる音が頭の中でした。記事の配信時刻を見、午前九時を回った現在時刻も確かめたマリーダは、プリント紙を手にサーバー室をあとにした。

※

「……このように、〈ア・バオア・クー〉における大攻防戦をもって一年戦争は終結した。このあと、ジオン公国は共和政体に移行し、連邦政府との間に終戦協定が結ばれるわけだが、この協定の締結場所となった月面都市はどこか。バナージ・リンクス！」

忍び足で教室のうしろを横切り、空いている席に座ろうとした矢先だった。教壇に立つミスター・バンクロフトに名指しされ、バナージは棒立ちになった。

「はい、えっと、その……〈フォン・ブラウン〉？」

「〈グラナダ〉だ」ばん、と教壇を叩いて言下に修正すると、バンクロフトは忌ま忌ましげに眼鏡の位置を正した。「話は聞いている。さっさと席につきなさい」

どんな話を聞いたのだか。胸中にぼやきつつ、バナージは扇状に配置された長机の一端に収まった。タクヤたちクラスメートの含んだ視線を一身に浴びながら、自分のノートパッドを机の差し込み口に挿入する。収納式のキーボードを表に返し、エントリーキーを押すと、半ば聞き損なった世界史の講義がずらずらとノートパッドに表示された。

旧世紀中は通信技術が発達し、無線によるネット接続が当たり前になっていたそうだが——個人が電話を携帯する時代もあったというから驚く——、いまはネットも電話も有線での使用が基本になっている。コロニーという〝精密機械〟が人間の住処《すみか》になり、電波の取り扱いが厳しく制限されるようになったからだが、ミノフスキー粒子があちこちで垂れ流されていては有名無実の話だった。どこからか拡散してきたミノフスキー粒子がコロニーに干渉し、各種集積回路を誤作動させることはよくある。生命維持に関するシステムには幾重《いくえ》もの防護対策が講じられているものの、重要なデータは必ずプリントしておくのが一年戦争以来の流儀だった。

つまり、この地球圏では、戦後も恒常的にミノフスキー粒子が散布されていて、それが必要とされる事態が——戦闘が行われているということだ。ふと思いつき、バナージは軽い鞭打《むちう》ちになった首筋が疼《うず》くのを感じた。無論、実戦とは限らない。軍事訓練で散布される場合もあるし、最近では商船も海賊対策でミノフスキー粒子を撒《ま》くことがあると聞く。が、中には本物の戦場から流れてきたものもあるだろう。いまこの瞬間にも命の奪《と》り合いをし、ビームに焼かれる人がいるのかもしれない。今朝、集荷場で見たモビルスーツの残《ざん》骸《がい》に乗っていた誰かのように。

『戦争よ。また大きな戦争が起きてしまう』

エメラルド色の瞳《ひとみ》が脳裏をよぎり、そんな言葉を耳の奥に響かせた。まだ揺れている感覚が抜けない頭を振り、バナージは歴史の講義に意識を集中しようとした。

「ジオン公国は、ザビ家一党に支配された軍事国家だった。ジオン・ダイクンが提唱したジオン主義《ジオニズム》、宇宙に出た人類は革新し得ると説いた『ニュータイプ思想』は、結果的にギレン・ザビのような選民主義者を生んだということだ。それはダイクンの本意ではなかったかもしらんが、死後、その名をザビ家に利用され、独立戦争のお題目に利用される隙があったという意味において、やはり危険な思想であったと結論せざるを得ない」

自分の体験で得た知識でもないのに、こうも疑いなく喋《しゃべ》れる人の感性とはなんなのだろう？　よく動くミスター・バンクロフトの口を見てそう思った時、ノートパッドの片隅にチャット画面のウインドが開いた。

案の定だった。幹線道路の一車線を使い物にならなくし、コロニー中にサイレンを鳴り響かせた大事件の当事者を、刺激に飢えた学生どもが放っておくはずがない。バナージはうんざりする思いでタッチキーを叩き、講義画面の上にチャットを表示させた。

〝イカロス殿、警察の取り調べを受けられたご感想は？〟

クラス代表の因果を含められてか、タクヤが訊問《じんもん》の口火を切る。〝イカロス？〟と打ち返すと、どこかのホームページのアドレスが送られてきて、バナージはそれを開いてみた。

アナハイム社が経営するローカル新聞『デイリー7』のトップページだった。芝生にめり込んだ《トロハチ》の写真と、『人工太陽に挑んだイカロス、あえなく公園に落下』の見出しを読んだバナージは、すぐにそのページを消し去った。

笑いを堪《こら》え、ちらちら視線を寄越すクラスメートたちの気配が伝わる。〝人助けのなにが悪い〟とバナージは打ち返した。

〝助けた相手は煙のように消えたと聞いている〟〝プチモビの無断使用に器物損壊、警察はなんと？〟〝工専の処分は？〟とクラスメートたち。バナージは頬杖《ほおづえ》をつき、片手をタッチキーに走らせて、

〝サービス・ルートの監視カメラに侵入者らしい女の子の背中が映っていた。人命救助が認められて、厳重注意のうえ無罪放免。警察に迎えにきた生活指導の感触では、工専側も特に問題なし。放課後に校長室に呼ばれてはいるが〟

クラスの七割を占める男子学生が一斉に色めき立ち、タッチキーを素早く打ち始めるのがわかった。〝女の子！〟〝年齢、ルックス〟〝なにを話した〟〝どこから来た〟……。ほとんど発情している画面に嘆息し、〝警察が捜してる。知らん〟とバナージが打ち返したところで、教壇を叩く大きな音が教室内に響き渡った。

「おまえたち、歴史の授業なんぞ就職の役に立たんと思ってなめるなよ。工員といえども、アナハイムはシニア・ハイ程度の学力もないアホは雇《やと》わんのだからな。就職率百パーセン

トの謳《うた》い文句を鵜呑《うの》みにせんことだ」

　ミスター・バンクロフトの伝家の宝刀に、学生たちはすかさずチャット画面を消し、教壇の方に向き直る。このあたりの切り替えの早さは、教員の背後に就職先が見える工専学生ならではのものだ。バナージはほっと息をついて講義画面に目を戻した。一年戦争、グリプス戦役、二度にわたるネオ・ジオン戦争。無味乾燥な年表の羅列を眺めながら、揺れの抜けない頭にエメラルド色の瞳が去来するのを感じ続けた。

　ほんの数時間前に目撃した鮮烈な瞳の色、この手に抱きとめた体の柔らかな感触。すべてが遠く、まるで他人の夢を覗《のぞ》いているようなあやふやさだった。だいたい、プチモビを奪って彼女を救出したのが自分だという事実が、まず信じられない。そんなふうになりふり構わず、一直線に行動する指向力が自分にあるとは思っていなかった。なぜやれたのか。彼女はいったい何者なのか。

　教室の窓の外は、正午に近いうららかな陽気だった。実習棟の前にあるグラウンドでは、教習用のプチモビが隊列をなし、訓練で使うコンテナをよちよち運ぶ姿がある。その向こうには、コロニーの自転で生じるコリオリの力を設計に取り込み、一方が台形になっている校舎群が折り重なり、はるか彼方《かなた》にはコロニーの終点を示す巨大な壁——まだ構造材が剝《む》き出しになっている月側の気密壁が見える。人工太陽の光に遮られ、すり鉢状の壁全体は見渡せないが、その中心にはコロニービルダーと直結するゲートがあり、いまもコロニー拡張用の建設資材が刻々と運び込まれているはずだった。

暗礁宙域に漂うデブリを回収し、コロニービルダーにて精製・加工をする。それをもって建造されたのが〈インダストリアル7〉で、これには暗礁宙域再開発計画、通称『フロンティア計画』のテストベッドという側面もあった。すなわち、このコロニーは過去の戦争が生んだゴミで造られていて、ゴミから〝世界〟を造り出す魔法の漏斗がコロニービルダー――その形状から〈カタツムリ〉と呼ばれる巨大施設というわけだ。バナージは、ぼんやり霞《かす》んで見える気密壁を我知らず凝視した。

コロニーという〝世界〟が造られている場所。彼女はそこに行くと言っていた。会って話さなければならない人がいる、と。なんのために？　戦争を食い止めるために？

「戦後も、ジオンの残党を名乗る集団がいくつもの戦乱を引き起こしてきた。彼らは宇宙《スペース》移民者《ノイド》の自治独立を叫《さけ》び、地球聖地主義《エレズム》を口にして地球居住者《アースノイド》を敵視するが、そこにはニュータイプ思想に見られる選民主義が潜んでいるのを忘れてはならない。だからコロニー落としや隕石《いんせき》落としのような真似ができるのだ。そのために、どれだけの人々が犠牲になったことか。民主主義を理想とする連邦国民として、我々は……」

熱を帯びるバンクロフトの声を押し退け、『意気地のない人』という別の声が耳の奥をかすめて過ぎる。知るものか、とバナージは記憶の中の少女に抗弁した。

自分には関係ない。いや、関係しようがない。一年戦争は無論のこと、三年前に起こった第二次ネオ・ジオン戦争――いわゆる『シャアの反乱』だって、自分にはなんの関わりもなかった。始まりも終わりもテレビのモニターごしに眺めるしかない、どこまでも遠い世界の出来事だった。ここにいるクラスメートたちや、バンクロフトにしてもそれは同じだろう。

戦争で犠牲になった数十億の人々がいるなら、その分も生き、地球圏の再建と発展に務めるのが自分たちの役目。一年戦争の反動で生まれた団塊世代、ザ・イヤー・ウォー・ベイビーたるバナージたちは、そんな大人たちの言い分を当たり前に聞いて育ってきた。だから、戦後もスペースノイドの独立運動が燻《いぶ》っていようが、そのために大規模な紛争が起ころうが、基本的には関係ない。どこそこのコロニーが戦闘で壊滅したらしいというニュースを聞いた時などは、ちょっと足もとがぐらつく不安感に襲われもするが、それも巨大隕石が衝突する程度の確率、よほど運が悪かったのだと思えば他人事《ひとごと》と消化できる。独立運動などは社会不適応者が憂さ晴らしにやることで、〝戦争を知らない幸福な子供たち〟という足場は厳然と動かず、今日と同じ明日が訪れることに疑いを持つ習慣もなかった。

あの少女も、自分とさして歳は変わらない。が、その口から飛び出した『戦争』という言葉には、教師が言うのとは別の力があったとバナージは思い出す。周囲を覆う温室の被膜を裂き、一陣の突風を吹き込ませるような。明るすぎて平板な空間に一点の染みを生じさせ、急に世界の陰影を浮き立たせたような――。

「我が社は工場ごとに独立採算制をとっている。それゆえ、一部の不心得者がネオ・ジオンの発注を請け負い、敵味方双方の機体をアナハイム社が賄う事態になったこともあった。それをして、世間にはアナハイムを死の商人と揶揄《やゆ》する向きもあるが、責任者はきちんと処罰されているのだということを……」

なら、アナハイム工専に通う自分も戦争の一部というわけか。それまで考えつきもしなかったことに思い至った途端、今朝、地下鉄の窓から見たモビルスーツの鮮烈な白が脳裏をよぎり、バナージは自分の思考の飛躍に当惑した。

一本角で虚空を切り裂き、白い残像の尾を引いて宇宙を駆けていったモビルスーツ。あれは〈カタツムリ〉の方に向かって飛んでいた。〝世界〟の製造機、一般の立ち入りが禁じられているコロニービルダーの方に。あの少女の言葉を信じるなら、やがて始まる『戦争』と密接に関わっている場所に。

なにかが始まろうとしている。いや、それはとっくの昔に始まっていて、自分は今日、初めてそのなにかの一端に触れたのかもしれない。不意に目の前の幕が取り払われたように思い、バナージは再び窓の外を凝視した。いまや未知の詰まった蓋《ふた》に見える気密壁を眺め、ふつふつと沸く胸の底を感じ続ける間、悦に入ったバンクロフトの声が教室の空気を緩慢にかき回していた。

「四年後、宇宙世紀《UC》0100《オーワンハンドレッド》をもってジオン共和国は自治権を放棄し、サイド3として連邦構成国家に編入されることが決まっている。ジオンの名を持つ国家が消滅すれば、ジオニズムも完全に死に絶え、人類は再びひとつになれるだろう。かつて、我々の父祖は地球と人類の存続のために、多くの困難を乗り越えて地球連邦という統一政府を造り上げた。この大いなる遺産を受け継ぎ、地球圏を永遠に発展させるために、君たち若者は……」

「バカねぇ、そんな話を真に受けて。その娘《こ》、活動にハマってる学生かなんかよ、きっと。地球の資本家はぜんぶ悪だって類いの。妄想入ってんのよ。それでカーディアス理事長のところに押しかけようなんてさ」

少し褐色がかった頬をぷっと膨《ふく》らませ、ミコット・バーチは切って捨てるような声で言う。（バカネェ、バカネェ）と足もとで繰り返すハロを軽く蹴飛《けと》ばしながら、バナージはいたたまれない思いで缶コーヒーの残りを飲み干した。

アナハイム工専に隣接する私立のハイスクールに通うミコットは、言動も服装も工専にはない自由さで、他校のキャンパスに押しかけるのにも遠慮がない。昼休み、今晩のパーティーの打ち合わせで工専にやってきた彼女に、今朝方の騒動の顛末《てんまつ》を話して聞かせたところ、返ってきたのが先のセリフだった。

女が口にするリアリズムほど、なにかをせねばならないと思っている男子の意気を挫《くじ》くものもない。パーカーにショートパンツという出《い》で立ちでベンチに腰かけ、すらりとのびた素足を組むミコットの視線から逃れつつ、バナージは「理事長って、うちの工専の？」と聞き返してみた。そんなものかもしれない、と思い始めている心根をごまかすべく、とりあえず口にした言葉だった。

「そ。入学のパンフにも写真出てたでしょ？　カーディアス・ビスト。アナハイム・エレクトロニクスの大株主であり、影の支配者とも呼ばれるビスト財団の二代目当主」

「その人が〈カタツムリ〉に住んでるんだ？」

あの少女が言っていた『会って話さなければならない人』。影の支配者という作り事めいた響きといい、バナージは再び沸き立つものを感じたが、

「バーカ、そんな大物がこんな辺鄙《へんぴ》なコロニーに住んでるわけないだろ？　理事長ったって名ばかりで、卒業式にも顔を出したことないんだぜ」

ミコットの隣に座るタクヤが、読みさしの雑誌から顔を上げて水を差す。彼が定期購読しているモーター関係の月刊誌で、見開きの誌面にはプチモビ・レースの写真が掲載されていた。

「でも、お屋敷があるのは本当らしいわよ。地球に建ってた屋敷をそのまま移築したんだって。〈カタツムリ〉自体、ビスト財団の持ち物だって噂もあるし」

第三作業区の工場長を父親に持つミコットには、そんな隠微な話も日常的に耳に入ってくるのだろう。工場長と言えば、〈インダストリアル7〉では町長に匹敵する名士だ。私

学に通う御令嬢の類いにもかかわらず、ミコットが油臭《くさ》い工専に平気で出入りしているのも、工業がこのコロニーを支えているという自負があるからかもしれない。『うちの学校の男どもはつまんないのよね。気の抜けたボンボンばっかりでさ』と、当人の口から聞いたこともある。

「でもさ、コロニービルダーって、コロニー公社が管理してるものだろ？　それをその財団が私物化してるなんて話、あるの？」

「そりゃ、コロニー公社にもビスト家の人間は入り込んでるんだから、あるんじゃない？」

「金持ちのやることは違うよな。屋敷をまるごと宇宙に打ち上げちまうなんて、どうかしてるよ」

他の感想はないらしいタクヤは、言うだけ言うと雑誌に目を戻した。異常を異常と感じる神経を麻痺《まひ》させる、これが公然の秘密というやつの怖さだとバナージは思ったが、それにしても、いまのいままでビスト財団のビの字も耳にしなかったのは、自分が途中転入のよそ者だからか、単にぼんやりしていただけか。どちらとも判断がつかず、キャンパスを飾る樹木ごしに空を振り仰いだバナージは、あの少女はどうしているだろうと考えるのに終始した。

一方に地球圏最大の軍需産業というアナハイム・エレクトロニクスの現実があり、その影のスポンサーと目される人物の屋敷が〈カタツムリ〉にあるなら、とち狂《くる》った過激派が戦争反対とねじ込んできてもおかしくはない。実際、アナハイム社を狙ったテロは年に一度と言わず起こっており、セキュリティに莫大《ばくだい》な費用がかけられていると聞く。工専の理事長職が肩書きだけのものであっても、ミコットでさえビスト財団とアナハイム社の関係を知っているのだから、財団当主が狙われることだってあるのだろう。

しかし、あの少女の目には、そんな通俗的な話ではないなにかがあったとバナージは思う。強い意志を秘めてはいても、狂信者のものではない瞳《ひとみ》。これまで出会った誰とも異なる、吸い込まれそうな重力を放つエメラルド色の瞳——。

「警察が捜してるんでしょ？　あんたも関わりあいになるのはやめなさい。それで軍の情報部に睨《にら》まれでもしたら、就職だってままならなくなっちゃうんだから」

こちらの心中を察するところがあるのか、究極のリアリズムで話を打ち切ると、ミコットはタクヤの方に向き直ってしまった。「で、今夜のことだけど……」と話し始めた二人に混ざる気にはなれず、バナージはハロを連れてその場を離れた。

知ったようなことを、と苛立《いらだ》つ一方、ミコットの言うことは正しいと認める理性も働いていて、行き場のない感情が腹の底で渦を巻いた。関わらない方がいい、そんなことはわかっている。警察では、こわもての刑事のみならず、役人然とした背広の男からも聴取を受けた。おそらく公安筋の人間だろう。彼らに目を付けられれば、アナハイム社への門戸は永遠に閉ざされる。場合によっては退学処分になり、サイド1の古ぼけたコロニーに戻らなければならなくなるかもしれない。

宇宙移民の最初期に造られ、とっくに耐用年数が切れたと思えるコロニーの一画に、バナージが育った下町はある。地つきの住民に混じって、戦争難民や失業者、活動家くずれのヒモなどが吹き溜《だ》まり、調子の悪い共同溝からは饐《す》えた臭いが漂ってくる町。母一人子一人、世間の目から逃れるようにして暮らした故郷の町は、行き場をなくした人間には似合いの住処《すみか》だ。母が遺《のこ》してくれた保険金もあるし、当座の生活はなんとかなるだろう。だが、あの町に未来という文字はなかった。

では、ここには？　会ったこともない父親の情けにすがり、大企業の末端に加わったつもりになりながら、その実なにも変わっていないし、なにも見ていない。目標もなく、興味も持てず、『ずれている』自分を感じるだけの日々に、未来という文字はあるのかないのか――。悶々《もんもん》と渦巻く思考に押され、無意味な早足で校門の近くまで来た時だった。

「君、バナージ・リンクスくん？」と涼やかな声が振りかけられ、バナージは立ち止まった。

校門前の通りに駐車したエレカを背に、ひとりの女が立っていた。かっちりしたジャケットにタイトスカート、うしろで一本に束ねた長い髪。背筋の伸びた立ち姿は遠目にもスタイルがよく、大企業の秘書然とした雰囲気を醸《かも》しているものの、化粧気のない顔はまだどこか幼く見える。キャンパスにいても違和感のない顔立ちと思えたが、こちらを注視する目はその印象を覆すものだった。

表情のない蒼《あお》い瞳は、こちらに焦点が合っているのかどうかも定かでない。地球の深海に通じているのではないかと思わせる昏《くら》い蒼は、まるで眼前にぽっかりと開いた二つの洞窟《どうくつ》に見えた。わけもなく肌が粟立《あわだ》ち、バナージは足もとに転がるハロを拾い上げた。その間に校門をくぐった女は、「ちょうどよかった。聞きたいことがあるの」と続けてこちらに歩み寄ってきた。隙なくビジネス・スーツを着こなしているにもかかわらず、女の足がスニーカー履きであることにバナージは気づいた。

「今朝、君が助けた人のことなんだけど、なにを話したか教えてくれない？」

口もとだけ微笑の形にした女の背後で、二人の男がエレカから降り立つ。どちらもラフな私服姿だが、目付きも人相も明らかに堅気《かたぎ》のそれではない。ハロを抱えた手が汗ばむのを感じつつ、「警察の方ですか？」とバナージは問い返した。マスコミには自分の名前は公表されていないし、なによりこの連中が記者の類いとも思えない。女は機械的に浮かべた微笑を崩さず、無言を返事にした。

ひやりと冷気が舞い降り、膝《ひざ》が震えた。こいつらはヤバい。故郷にいた活動家くずれと同じ人種――暴力の振い方を習っている連中の臭いがする。バナージは咄嗟《とっさ》に目を逸《そ》らし、女から一歩あとずさった。「知ってることは、ぜんぶ警察に話しましたから」と早口に告げ、キャンパスの方に戻ろうとする。瞬間、背後から肩をつかまれ、踏み出しかけた足が空を蹴《け》った。

「同じことを、私たちにも話してほしいの。そうしたらなにもしないわ」

肩をつかんだ手を弛《ゆる》めず、間近に迫った蒼い瞳が言っていた。たいした力ではないのに、体が動かせない。無理に振りほどこうとすれば即座に引き倒されるとわかる。体術を心得た人の手捌《てさば》きだと直感したバナージは、「なにもしないって……」とかすれた声を搾り出した。「これ以上、面倒に巻き込まれるのは嫌でしょう？」と耳元に囁《ささや》き、女は肩をつかむ手にほんの少し力を込めた。

首筋に激痛が走り、堪《こら》える間もなく呻《うめ》き声が漏れた。意思とは関わりなく体がのけぞり、痺《しび》れた指先からハロが滑り落ちる。ろくに息もできずに、バナージは唯一自由になる目を動かした。近くに生徒の姿はなく、校門脇にいる守衛の老人も警備小屋から出てくる気配はない。二人の男がさりげなく女の背後に立ち、死角を作り出しているからだ。声を出そうにも腹に力が入らず、行き場のない目をうろうろさせたバナージは、再び蒼い瞳を視界に入れた。

殺気。洞窟のような蒼い瞳に似つかわしい言葉が、冷たい実感を伴って臍《へそ》の下に落ちていった。活動家くずれとは次元が違う、こいつらは本物のプロだ。人体を破壊する術を教え込まれ、必要なら躊躇《ちゅうちょ》なく行使する暴力のプロ——。軍人、という表現が見つかるより早く、「〝彼女〟はどこに行くって？」と女の声が吹きかけられ、バナージは思わず「〈カタツムリ〉に……」と口走っていた。

「〈カタツムリ〉？」と聞き返した女の手に一層の力がこもる。ひどさを増した痛みに搾り上げられ、バナージは「コ、コロニービルダーのことでしょう？」と悲鳴混じりに答えた。

「会って、話さなければならない人がいるんだって……」

喋《しゃべ》りすぎだ。無様に裏返った自分の声に絶望した時、すっと痛みが引き、不意に自由になった体がたたらを踏んだ。どうにか膝をつくのだけは堪えたバナージは、すでに背を向けている女の方に振り返った。二人の男を従え、急ぎ足で校門を抜ける背中は、もうバナージなど眼中にない素っ気なさだった。

「行けっこないですよ、〈カタツムリ〉には……！　立入禁止だし、周りは工事区画で近づくこともできないんだ」

じんじんと痛む肩を押さえながら、負け惜しみを承知で叫ぶ。女は立ち止まり、オレンジがかった栗色の髪を微《かす》かにそよがせると、表情のない蒼い瞳をちらとバナージに投げかけた。

「憶えておくわ。ありがとう、バナージくん」

同情も軽蔑《けいべつ》もしていないといった声音に、屈辱を抱えた胸がずきりと痛んだ。女はそのままエレカに乗り込み、男たちとともに走り去った。バナージは最後の意地で校門の外に飛び出し、遠ざかるエレカを睨みつけた。校舎脇の角を曲がり、すぐに見えなくなったエレカが、工事区画へ向かったことは考えるまでもなかった。

あの少女は追われている。それも警察ではないなにか――非合法な臭いのする軍隊のような連中に。『戦争が起きる』『いまならまだ止められるかもしれない』と言った声が生々しさを帯び、現実の重みを放って頭の中を跳《は》ね回ったが、だからどうという思考はバナージにはなかった。それよりも、暴力に屈し、口を割らされてしまったという自覚の方がはるかに重かった。

スラムのような下町で暮らしていれば、暴力にもある程度の耐性ができる。戦うなり身をかわすなり、当たり前の男子よりうまく立ち回る自信もあったが、現実は、いまの自分は赤子も同然だった。痛みから逃れたい一心で、女にありのままを喋ってしまった。あの少女に危険が及ぶのを知りながら、嘘ひとつ織り交ぜる知恵も働かなかった――いや、そうする勇気が持てなかったのだ。

「最低だ……おれ」

焦燥を滲《にじ》ませたエメラルド色の瞳が思い出され、『意気地のない人』という声が胸の奥で弾《はじ》けた。バナージは両の拳《こぶし》をきつく握りしめ、たまらずに走り出した。

その瞬間には未来を慮《おもんぱか》る理性はなく、現在の無様を埋め合わせたいという衝動が全身を熱くした。おっつけ転がってきたハロとともに、バナージは最寄りのエレカ乗り場へ向かった。

※

〈インダストリアル７〉が建設中のコロニーだということは、来てみて実感できることだった。

完成しているのは二十キロ足らずの区画に過ぎず、そこから先はコロニー建造ユニット『ロクロ』に覆われ、内壁にはめ込む地盤ブロックの造成が続けられている。コロニーの大地となる地盤ブロックは、幅三・二キロ、奥行一・六キロという巨大な代物で、その造成工程は四段階に分けられており、ひとつの造成ラインに建造中の地盤ブロックが四つ、まだのっぺらぼうの地表をさらして横たわる姿がある。造成ラインは六本あり、それがコロニーの内壁三百六十度を取り囲んでいるのだから、その光景は殺風景などというものではなかった。人工の大地の箔《はく》が剝《は》がれ、しょせんは円筒の内壁にへばりついているだけの我が身を再認識させられるような、荒涼を通り越して寂寞《せきばく》とした光景ではあった。

この十年、地球を含むさまざまな場所を渡り歩いてきたが、建造中のコロニーを内側から見たことはない。工事区画を隔てるフェンスの前に立ち、少女は目前に聳《そび》える巨大な造成ユニットを飽かず見上げていた。並外れた大きさのビルにも見える造成ユニットは、地盤ブロックとほぼ同じスケールを持つ鉄骨の塊で、その厚みは百メートルに及ぶ。造成ラインのレールに沿って移動し、建造中の地盤ブロックの上に固定すると、ほぼ全自動化された機械群が各々の工程下にある地盤ブロックを仕上げてゆくらしい。ようは桁外《けたはず》れに大きい工業用ロボットであり、造成作業の足場にもなる設備だ。

フェンスに貼り出された案内板によると、ひとつの工程を仕上げるのにかかる時間は一ヵ月。第一工程のものは第二工程へ、第二工程のものは第三工程へと、ライン上の地盤ブロックを順次仕上げながら前進してきた造成ユニットは、最後の第四工程を仕上げたところで後退し、また第一工程の作業に取りかかる。今日はその最終工程が仕上がる日のようで、フェンスの向こうはどこか慌ただしく、作業車や監督省庁の役人を乗せたエレカがひっきりなしにゲートを往来していた。造成ユニットが後退すると同時に、そこには新しい〝土地〟が出現するのだから、役所が忙しくなるのは無理もない。都市計画に従った地区名表示の確認、電気や水道を収めた地下の共同溝のチェックなど、やることは山ほどあるのだろう。

造成ユニットの後退は六つのラインで同時に行われ、始発点に戻ると、コロニーの外壁を覆う『ロクロ』も連動して後退するのだという。すなわち、コロニー全体が身じろぎし、全長を一・六キロほど伸ばすわけだ。その時にはコロニー中にサイレンが鳴り響き、伸張に伴う軽い〝地震〟に備えるのだそうだが、幅三キロ以上、高さは二十五階建てのビルに相当する造成ユニットが、六基そろってスライドする光景とはどのようなものか。想像するとちょっと胸が躍ったが、暢気《のんき》に見学していられる状況であるはずはなかった。巨大な壁になってそそり立つ造成ユニットを見上げるのをやめ、少女はフェンスの切れ間に設けられた工事用ゲートに目を移した。

守衛が立哨《りっしょう》しているものの、警備はそれほど厳しくない。車の往来に紛れて侵入できそうだが、問題はそのあとだった。造成ユニットの中がどうなっているかは皆目わからないし、そこを抜けられたとしても、その先には建造中の地盤ブロックが三つも連なっている。六キロに及ぶ工事区画を、誰にも見咎《みとが》められずに踏破できるとは思えない。今朝の騒ぎがあれば、ここにも警察の手配が回っているかもしれないのだ。

少女は、雲ごしに漫然と輝く人工太陽を見上げた。あそこを渡りきれてさえいれば、とあらためて思う。ここからでは造成ユニットに遮られて見えないが、コロニーを縦貫する人工太陽は月側の気密壁まで延び、コロニービルダーに通じるゲート付近に一方の基部を密着させている。ゲートは常に資材や土砂を吐き出し、リフトを介して建設現場に供給しているから、人工太陽のサービス・ルートからなら容易に潜り込めただろう。

それが望めなくなった以上、コロニービルダーに近づくには工事区画を突っ切るしかない。少女は再び工事用ゲートを見た。出入りする車の流れを読み、応対に追われる守衛の様子を凝視したところで、きゅるる……と不意に腹が鳴った。

思わず周囲を見回す。幸い人通りはなく、あったとしても往来する車の音で聞こえなかっただろうが、頬が熱くなるのを止められなかった。もう半日以上、なにも口に入れていない。こんな時にと思う反面、こんな時だから腹拵《はらごしら》えが重要なのだと理解する部分もあって、少女はため息を吐《つ》いた。《ガランシェール》を出る時、携帯食糧のひとつも持ってくるのだったと遅い後悔をする。

喉《のど》も渇いていた。こんな状態では集中力も下がるし、長く一ヵ所に留まっていては人目につく。少女はその場を離れ、工事区画に隣接する商業地区に向かった。途中、作業用のプチモビを積んだ大型トレーラーとすれ違い、歩道まで巻き上がった粉塵《ふんじん》に顔をなぶられながら、ふと今朝がた出会った少年の息遣いを思い出した。

プチモビのコクピットから必死に手をのばし、中空を漂う自分を救ってくれた少年。普通の民間人らしいのに、なぜあんなことができたんだろう。あれからどうしているのだろうか。せめてきちんと礼を言っておくのだった……。

密閉空間にいるストレスを軽減するため、コロニー内には意図的に都市計画をルーズにしている区画がある。工事区画に隣接する商業地区がまさにそれで、細い道の両脇に商店が建ち並び、思い思いの店先を広げている様子は、地球の古い都市に残る商店街さながらに見える。低い屋根の向こうには山のような造成ユニットと、半ば雲に覆われた月側の気密壁がそそり立っており、地区全体が山間《やまあい》の城下町といった風情だった。

午後一時半、どこの食堂も工事作業員で満杯という時間は終わり、商店街は一時の閑暇《かんか》期《き》を迎えている。とろとろと行き来する子供連れの主婦や老人たちに混じり、少女は当《あ》て所《ど》なく商店街を歩いた。パン屋に本屋、洋装店に食材店。秩序なく並んだ店先からは、時おりホットドッグの香ばしい匂いや、油をたっぷり使ったチャイニーズ・フードの芳香が漂ってくる。公園の水飲み場で喉は潤せたものの、空っぽの胃袋がそれだけで慰められる道理はない。気を抜くとまた腹の虫が騒ぎ出しそうで、恥ずかしかった。

すれ違う主婦連が、少し窺《うかが》うような目をこちらに向けてくるのも気になる。港の監視カメラに顔を撮られていない自信はあるから、今朝の騒動の当事者と疑われているわけではあるまい。このあたりの人間には自分の服装が奇異に見えるのだろう。〈パラオ〉を出る前にネットで最近の流行を調べて、なるたけ目立たない服を選んできたのに。店先のショーウインドに全身を映し、襟の飾りボタンがいけないのかと考えた少女は、しかし襟をはだける無作法をする気にはなれず、また歩き始めた。

事前に準備をしたつもりでも、いざ現実を前にすると山ほどの不備が出てくる。カードも現金も持ち歩いたことのない身には、お金がなければパンひとつ買えない現実も知識でしかなく、小銭も持たずに飛び出してくる粗忽《そこつ》さを平然と発揮する。世間知らず、という言葉が骨身に滲《し》み、少女は暗澹《あんたん》とした。こうしてひとりで街に出歩いた経験も自分にはない。そう言えば、そんな映画を観たことがあった。小国のお姫様が、街に出て一日限りの自由と恋愛を楽しむ物語。旧世紀に作られた大昔のフィルムだ。他愛ない話だが、世間知らずのお姫様を演じた女優が魅力的で、好きな映画だった。あの女優の名前はなんと言ったっけ。

そんなことを考え、本気で女優の名前を思い出そうとしている自分に気づいた少女は、詮《せん》ない夢想を頭から追い出した。映画のお姫様は退屈な公務から逃げ出しただけだが、自分にはやらなければならないことがある。自分が今回の一件に反対していると知った時から、ジンネマンは取引の詳細についてなにも語らなくなった。ビスト財団との接触がいつ、どこで行われるのかは定かでないが、夕刻からであるらしいことは他のクルーから聞き出している。ぐずぐずしていては手遅れになってしまうし、〈パラオ〉でも自分の失踪《しっそう》が騒がれている頃合だ。急がなければならない――。商店街を抜け、入り組んだ路地に足を踏み入れた少女は、突き当たりの通りに駐車するトラックに目を付けた。

鉄屑《てつくず》を満載した荷台に目を走らせ、潜り込むのは無理そうだと判断してから、運転席の方に目を向ける。あまり使いたくない手だが、ドライバーに取り入って、工事区画に入れてもらうというのはどうだろう。コロニーが造られているところを近くで見てみたい、とでも言って。うまくすれば造成ユニットの中を案内してもらえるかもしれない。中に入って、大体の様子さえわかれば……。

刹那《せつな》、人の視線を背後に感じた。それまで伏せっていたものがいきなり頭をもたげたような、明らかな意志を持った視線だった。不用意に振り返る愚は犯さず、少女は急ぎ足で路地の角を曲がった。と、細い道を塞《ふさ》いで立つ男と出くわし、すぐに足を止める羽目になった。

ハーフコートに鳥打帽を目深にかぶった男の顔は、知っていた。《ガランシェール》のクルーのひとりだ。男が歩み寄る挙動を見せるより早く、少女は踵《きびす》を返して路地から出ようとした。が、その時には、背後から迫っていた二人の人影が路地の入口に立ち、退路を塞ぐようにしていた。

食堂の換気扇から油臭い排気が吹き出し、汚れたポリバケツが転がるだけの路地裏に、他の人通りはなかった。逃げ道はないと覚悟《かくご》した少女は、退路を塞ぐ二人に動揺を押し隠した顔を向けた。なぜ発見されたのかとは考えなかった。そういうことが当たり前にできるのがガランシェール隊の面々だとわかっていた。

ことに、マリーダ・クルスが捜索に加わっていたのなら——。少女は、三メートルほどの距離を空けて立つマリーダを正面に見据えた。ビジネス向きのツーピースで偽装していても、全身から放つ険は隠しようがない。この距離では一瞬で拘束されるとわかった少女は、無礼であろう、という思いを目に込めた。マリーダの蒼《あお》い瞳《ひとみ》が微《かす》かに揺れ、動揺が生まれるのが伝わった。

「帰りましょう、姫様」

わずかな動揺をすぐさま打ち消し、マリーダは言った。「キャプテンも心配しています」

「嫌です」

「立場をお考えください。こんなところを連邦に発見されたらどうなるか……」

スニーカーの足が一歩踏み出される。偽装が不完全になるのも構わず、ハイヒールを履いていないのがマリーダらしかった。「考えているからこうするのです」と〝立場〟に見合った声を出し、少女はマリーダがそれ以上前進するのを防いだ。

「いまの私たちに『ラプラスの箱』は使いこなせません。それがどのようなものであっても、フル・フロンタルのような男の道具に使われて、無用な争いを引き起こすだけです。あなたにだってわかるでしょう？」

「わかりません。私は命令に従うだけです」

「嘘。あなたは逃げているだけです。あなたに与えられた〝力〟は、本来そんなことのために使うべきものではない」

口から出任せを言ったつもりはなかった。ジンネマンに盲従《もうじゅう》し、己の生と向き合うのを避《さ》けているマリーダ――。蒼い瞳が再び揺れ、その視線が少女から逸《そ》らされたものの、険を漲《みなぎ》らせた体が退くことはなかった。取り繕った無表情をこちらに向け直したマリーダは、

「姫様……。ご無礼を」と低く言った。

それを合図に、背後に立つクルーが少女の肩に手を置く。さすがに手加減をしてくれていたが、つかみ方を心得た手のひらは振り払って払えるものではない。マリーダと、もうひとりのクルーもこちらに近づいてくるのを見た少女は、「無礼な！　放しなさい」と叫んで身を捩《よじ》った。突然、けたたましいブザーの音が路地裏に響き渡ったのは、その時だった。

路地裏じゅうに鳴り響き、表通りにまで溢《あふ》れたのではないかと思える大音響だった。さすがにマリーダも体を硬直させ、周囲に素早く目を走らせる。隣に立つクルーが懐の拳《けん》銃《じゅう》に手をやるのを見、肩をつかむ手の力が弛《ゆる》むのを感じ取った少女は、夢中でそれを振り払って走り出した。

すかさずのびてきたマリーダの手をすんでのところで躱《かわ》し、角を曲がる。「姫様……！」と叫んだマリーダの声をブザーの中に聞きながら、少女は走った。何度も角を曲がり、狭い路地を縦横に走りつつ、人目のある表通りを目指す。たちまち方向がわからなくなり、十字路に差しかかったところで四方を見渡した少女は、横合いからいきなり手首をつかまれた。

マリーダたちのものとは違う、柔らかい手のひらだった。知っている、という感覚が駆け抜け、少女は振り払うのも忘れて手のひらの主を見た。ほんの数時間前、自分を危地から救い出したのと同じ顔が、そこにあった。

額に汗を浮かべ、焦げ茶色の瞳がまっすぐ少女の目を覗《のぞ》き込む。なぜ……？　考えようとした途端、「こっちだ！」と少年の声が弾《はじ》け、少女はぐいと腕を引っ張られた。つられて走り出すと、少年の足もとに転がっていたボールのようなロボットも転がり出し、やかましいブザーの音が唐突にやんだ。どうやらこのマスコット・ロボットがブザーを鳴らしていたらしい。

少年は狭い路地裏に少女を引っ張り込み、入り組んだ路地を迷うことなく駆けてゆく。このロボットといい、目の前ではためく紺色のジャンパーといい、間違いなくあの少年だと確認した少女は、その背中を追って足を動かすのに専念した。素姓もわからない相手なのに迂闊《うかつ》だと思いはしたが、ここでマリーダたちに捕まるわけにはいかない。土地鑑があるらしい少年が先導してくれるなら、任せた方がいいと最低限の納得をして、密集する家屋の隙間を走り続けた。

それに、この手だ。痛くないよう少し力を弛めながらも、自分の手首にぴったりと張りつく少年の手のひら。これまでも多くの手のひらに助けられてきたが、こうも遠慮なく、力強く自分を引っ張ってくれる手のひらを少女は知らなかった。しかもそれは思いのほか柔らかく、同年代の脆《もろ》さを含んで肌に張りついてくるのだ。

こんな手のひらに二度も助けられる。いったい何者なんだろう、この少年は。その瞬間には追われていることも忘れ、少女は少年の背中をまじまじと見つめた。

※

ハロが内蔵する防犯ブザーが、思わぬ役に立ってくれた格好だった。汗ばんだ手に少女の手首を握りしめ、バナージは商業地区の路地裏を縦横に駆けた。

工事区画には一度と言わず見学に来ているので、このあたりの地勢はだいたい頭に入っている。あの怖い女たちが乗っていたエレカの車番を配送センターに照会し、現在位置をつかみさえすれば、先回りするのはさほど困難なことではなかった。入り組んだ路地を利用して、追手を振り切れる目算もバナージにはあった。途中で追いつかれない限り、の話ではあるが。

少女の息遣いがすぐ背後に聞こえる。強化プラスチックのフレームにラバーをコートしたボディを跳ねさせ、ボールよろしくバウンドするハロがそのあとに続く。フレームのバネを使って跳ね、球体内部の錘《おもり》で姿勢を制御するハロは、急な方向転換はできない。何度目かの曲がり角でハロを拾い上げたバナージは、幅五十センチくらいしかない家と家の隙間にそれを放り込んでから、少女についてくるよう目で促した。少しは躊躇《ちゅうちょ》するかと思ったが、少女はバナージを追い立てる勢いで狭い隙間に体を滑り込ませてきた。

横向きにならなければ抜けられない隙間を通り、突き当たりに吹き溜《だ》まったガラクタを足場にして壁をよじ上る。そこから先は、接しあう軒が交互に折り重なり、結果的に道を作っている空中廊下だった。窓の向こうでテレビを眺める老婆がきょとんとした顔を振り向け、突然の闖入者《ちんにゅうしゃ》に驚いた野良猫が慌てて飛び退く。「どこのガキだ！」と怒鳴る誰かの声を聞き、安いプラスチック製の軒をべこべことたわませながら、バナージは色取り取りの軒を飛び石伝いに走った。紫色のケープをひるがえし、少女も器用に軒を渡ってくる。

二十メートルも進んだところで軒の放列は途切れ、広大な空地が目の前に広がった。商業地区と工事区画の境目に出たのだった。通常、地区と地区の境目には道路が走っているものだが、ここは工事区画を隔てるフェンスのぎりぎりまで家屋が接している。敢《あ》えて都市整備をルーズにする『ゆとり地区』ならではの光景だ。予定通り、造成ラインの端に出られたことを確かめたバナージは、百メートルほど先に聳《そび》える造成ユニットの塊を見、三階分の高さから見下ろす地表に目を転じた。

フェンスのすぐ先に土砂のぼた山があった。作業員は近くにはおらず、フェンスを這《は》い下りるより手っ取り早いと判断したバナージは、少女の方を見た。飛べる？　と尋ねるより早く、意を決した横顔が目の前をすり抜け、ぼた山に向かってジャンプする。負けそう……と思ったのもつかの間、バナージもハロを抱えて軒を蹴《け》った。

ざくざくした土に足から突っ込み、少女の傍らに着地する。腰まで埋《う》まった土砂から這い出し、口中に入った土を吐き出した時には、ひと足早く抜け出した少女の体がぼた山を滑り下りていた。かなり走ったし、土地鑑のない人間にこのルートがわかるとも思えない。少しは息がつけるつもりでいたバナージは、「おい……」と少女に呼びかけた。少女は鋭い一瞥《いちべつ》を寄越し、「急いで！」と叫んだ。

「このぐらいじゃ、マリーダにすぐに追いつかれるわ」

焦燥を浮かべて妖《あや》しく輝くエメラルド色は、やはりあの少女の瞳《ひとみ》だった。「マリーダって、あの怖いお姉さんのこと？」と聞き返したバナージには答えず、少女は「早く！」と怒鳴って走り出す。ぼた山から抜け出したバナージは、慌ててそのあとを追った。

造成ラインの外に向かおうとする少女の手首をつかみ、「こっちだ」と引き戻そうとしたところで、少女が息を呑《の》む気配が伝わった。その視線の先に、いま通り抜けてきたばかりの家屋群と、折り重なる軒の上に立つ女の姿があった。息ひとつ切らした様子もなく、マリーダと呼ばれた女の目がこちらを見、蒼《あお》い瞳がすっと細められる。次の瞬間、そのスニーカー履きの足が軒を蹴り、一本に束ねた髪を空に泳がせると、フェンスもぼた山も軽々と飛び越えた肢体が一気に地表に降り立っていた。

猫のような身軽さ、しなやかさだった。「嘘だろ……」と呻《うめ》いたバナージの手を逆につかみ、「走って！」と怒鳴った少女が足を踏み出す。バナージはその手を引っ張り返し、造成ユニットの方に向かった。ピラミッドさながらそそり立つ巨大なリニア・レールと、それにぴったり接合した山のごとき造成ユニット。視界いっぱいに広がるバカでかい構造物を見上げつつ、建築資材や作業用のプチモビが置かれた作業場を走った。

「どうするの⁉」

「〈カタツムリ〉に行きたいんだろ⁉」

少女に怒鳴り返しながら、造成ユニットの前に散らばる蟻のような人の列を視界に入れる。じきにコロニーの伸張が始まり、造成ユニットが動き出す時刻だ。すでに退避し始めている作業員の列に逆行し、「おい、なんだおまえ！」と怒鳴る監督らしい男の脇をすり抜けたバナージは、リニア・レールの基部に連なるスロープの入口に取りついた。振り返ると、追いすがる作業員を苦もなく突き飛ばしたマリーダが、二十メートルと離れていないところまで接近しているのが見える。立ち止まって息を整えるという発想は速やかに消え去り、バナージは夢中でスロープを駆け上がり始めた。

造成ユニットの移動軌条となるリニア・レールは、造成ユニットの一・五倍にもなる高さ――約百七十メートル――があり、正面からは三角に見える構造物を造成ユニットの両脇に聳立《しょうりつ》させている。その始点、もしくは終点となる部分には、造成ユニットと連結した搬出入用のスロープが設けられており、いまバナージが駆け上っているのはその斜面だった。すなわち、この坂道を上りきった先に造成ユニットの天井があるのだ。

造成ユニットの天井までは二十五階分の高さがあり、リニア・レールとの継ぎ目までも十数階分はある。トラックが行き来できる程度の傾斜とはいえ、百メートル以上坂道を駆け上がるのはきつい。何度か息が上がりそうになったが、途中から次第に足が軽くなり、腰周りの肉が骨から浮き上がるような感覚に体が包まれ始めた。地表――つまりコロニーの内壁から離れたため、遠心重力が希薄になってきたのだ。

コロニー内に高層建築が存在しないことからも明らかなように、遠心重力はせいぜい五、六階分の高さまでしか作用しない。上に行けば行くほど、体にかかる重力は減殺されてゆく。この物理法則がいまほどありがたく感じられたことはなく、バナージは幅飛びをくり返すようにして先を急いだが、条件は追手側にしても同じことだった。バナージよりはるかに強い脚力でスロープを蹴り、マリーダが猛然と追い上げてくる。その腕が少女の背中にのび、ケープを捕まえかけた指先が紙一枚の差で空をつかむ。それでもペースを崩さず、着実に距離を詰めてくるその姿は、まるで疲れ知らずの機械だった。とても逃げきれない、次の一秒で追いつかれる。覚悟した刹那《せつな》、低く響き渡るサイレンの音をバナージは聞いた。

同時に、スロープの側壁に設置された注意灯が一斉に点滅し、鈍い震動が足もとに伝わる。バナージは渾身《こんしん》の力を振り絞って足を動かし、少女を自分の方に引き寄せた。震動に気を取られたマリーダの足が少し遅れ、目の前に横たわるスロープの継ぎ目が上にスライドし始める。継ぎ目から次第に屹立《きつりつ》してゆく壁は、すぐに二メートルほどの高さになり、スロープを駆け上がる一行の行く手を阻んだ。バナージは「飛べ！」と叫び、刻々とせり上がる壁に向かって飛びついた。

通常の半分近くになっていた重力を振り切り、二人とハロがそろってジャンプする。いっぱいにのばした指先が壁の端に触れ、バナージは上昇を続ける壁に取りついた。同じく取りついたものの、滑り落ちそうになった少女の手首をつかみ直し、壁の上に這い上がる。上昇はまだ止まらず、取りつき損《そこ》ねたマリーダの体がみるみる小さくなっていった。

造成ユニットが動き出したのだった。新造された地盤ブロックの上に張りついていた造成ユニットは、リニア・レールに沿って百七十メートルほど上昇し、移動軌条にくわえ込まれてから横移動を開始する。そのまま造成ラインに沿って月側の気密壁の方に後退し、また第一工程から地盤ブロックを造り出すのだ。

少女とハロの無事を確かめたバナージは、しばらくはそこから動く気力もなく、次第に遠ざかる眼下の地表を見下ろした。マリーダは途切れたスロープに立ち尽くして動かず、その瞳をじっとこちらに向けていた。怒りも落胆も感じ取れない、相変わらず洞窟《どうくつ》のように昏《くら》い瞳だった。

移動中はすべてのゲートが閉鎖《へいさ》されるため、造成ユニットの中に入ることはできない。二人は疲れた足を引きずって残りのスロープを上り、造成ユニットの天井部分に立った。そこは内壁の傾斜に沿い、緩やかな弧を描く構造材がどこまでも連なる場所で、五百ヘクタールにも及ぶ鉄骨の丘陵地帯が二人の眼前に横たわっていた。もはや球場何個分などというレベルではない、ひとつの町をまるごと呑み込むほどの広さだ。

バナージは手足を広げ、鉄骨の間を渡るキャットウォークの上で大の字になった。弱まった重力のせいか、雲の上で横になったような気分だった。少女も傍らに座り込み、しばらくは互いに息を整える時間が流れた。造成ユニットはすでに横移動を始めており、緩慢に吹きつける風が汗まみれの体に心地好かった。

「こいつに乗ってれば、月側の気密壁に行ける。〈カタツムリ〉……コロニービルダーのゲートまで近づけるよ。中に入れるかどうかはわからないけど」

ようやく息がつけるようになった頃、バナージは言った。「そう……」と呟《つぶや》いただけで、少女は顔を合わそうともしなかった。急変した状況に頭がついてゆけず、周囲を見回すだけで精一杯という声音だった。

「おれはバナージ。バナージ・リンクス。君は？」

その視界に割って入るつもりで、バナージは上半身を起こした。え？　と目を合わせたあと、すぐに逸《そ》らした少女は、「あの、オードリー・バーンって……」と小さく答えた。

オードリー。いい名前だと思ったが、口にできる図々しさはなく、バナージも不自然に視線を逸らした。代わりにハロが二人の間に割って入り、（ハロ、ハロ）と愛想を振りまく。こわ張った少女の口もとがわずかに緩み、その手がハロのボディを包むようにした。

初めて見る笑顔だった。その瞬間、人工太陽の輝度が少し上がった錯覚にとらわれながら、バナージは「ハロだよ」と教えてやった。オードリーはわからないというふうにバナージを見返した。

「知らない？　大戦中のエースパイロットが作ったマスコット・ロボット。子供の頃、流行《はや》ったろ」

「知らないわ。私、田舎に住んでいたから」

田舎ってどこ？　親しみを増した横顔に踏み込もうとした途端、「なぜ、助けてくれたの？」と笑みを消したオードリーに問われ、バナージは答に窮した。

「それは、その……意気地なしと思われたくなかったし」

怖いお姉さんの脅しに屈したのが悔しくて……とは言えないし、それだけではないような気もする。顔を逸らし、しどろもどろになるしかないこちらをじっと見つめ、オードリーはさも不審げに眉《まゆ》をひそめた。あまりに素っ気ない反応に、「き、君が言ったんだぜ？」とバナージは押しかぶせた。

「私が？」

「そうだよ。あのあと、警察に引っ張られてさ。学校に戻ったら、あの怖いお姉さんたちが来て……」

「それで、マリーダたちを尾《つ》けたの？」

要領を得ない説明を遮り、まっすぐこちらの目を覗《のぞ》き込んだオードリーが言う。飲み込みの早さに舌を巻いたバナージの前で、底まで見通すエメラルド色の瞳が微《かす》かに揺れ、事の経緯を納得したらしい顔が少しずつ緩んでいった。「ごめんなさい」と不意をついて出てきた声に、バナージは目をしばたたかせた。

「意気地なしと言ったのなら取り消すわ。誤解してたみたい、あなたのことを」

「誤解?」

「狭い世界にしがみついてる人なんじゃないかって」

さらりと放たれた言葉に、面食らった。悪びれた様子もないオードリーの横顔をまじまじと見つめ、なにやら図星をさされたような腹立ちを新たにしたバナージは、「誰だってそうさ」と尖《とが》った声を返した。

「みんな、このバカでかい筒の内側にへばりついて暮らしてるんだ。それがいけないことなのか?」

「いけなくはないわ。気に障ったのなら謝ります。……私、そういう生活を知らないから」

ちょっと驚いたという顔は、自分の言動が他人の気分を害することがあるとは想像もしていない、育ちも暮らしもまるで異なる異生物のものに見えた。微かな失望を抱きつつ、「お嬢さまなんだ?」とバナージは言った。オードリーは薄く笑い、

「根なし草よ。そういうふうに生まれついてしまったの」

隣のラインを移動する造成ユニットに視線を飛ばし、自嘲《じちょう》するように呟く。どこか寂しげな横顔をちらりと見遣《みや》り、やはり同調できる相手だと安心したバナージは、「そうか……。なら、おれと同じだ」と口もとを緩めた。オードリーはなにも言わず、また少し輝度が上がったと思える人工太陽が二人の頭上で輝いた。

造成ユニットは、六キロあまりの造成ラインを二十分かけて後退し、月側の気密壁の手前で停止する。その間、二人はだだっ広い屋上を歩き、造成ユニットの反対端に移動するのに専念した。屋上の端から端と言っても、その距離は一・六キロ。踏破する頃には、造成ユニットもラインの後退を終えているはずだった。

造成ライン自体の移動速度は時速二十キロ程度でも、吹きさらしの風はそれなりに強い。バナージはハロを抱え、オードリーを先に行かせて黙々と歩いた。オードリーが吹き飛ばされそうになった時の用心だったが、いかに低重力下とはいえ、彼女の体が風で浮かぶことはなかった。リニア駆動のレールは音も震動もほとんど立てず、吹きつける風の音だけが二人を包み込んだ。

「君を追ってた連中、何者なの？」

屋上を半分ほど渡り終えた頃、バナージは尋ねてみた。山ほどある聞きたいことの中から、最初に浮かび上がった質問だった。

「仲間よ。私、逃げ出してきたの」

　栗色のショートヘアを風に騒がせながら、オードリーは事もなげに答えた。ミコットの言いようを思い出したバナージは、「やっぱり、活動家とかなの？」と恐る恐る質問を重ねた。

「活動家？」

「反連邦政府とか、スペースノイドの独立とかっていう……」

「……そうね。そういう言われ方も間違ってない。でも、もっと怖いかも」

　行く手を埋め尽くす気密壁を見上げ、オードリーは少し苦笑していた。こちらの無知を嗤《わら》ったとも、自らを嗤ったとも取れる横顔だった。自分には想像外の修羅が立ち昇ったように思い、バナージは生唾《なまつば》を飲み下した。とんでもないことに関わっているのかもしれない、という自覚がいまさらながら頭をもたげ、汗のひいた体が冷たくなるのを感じた。

　少し黄色みがかった人工太陽の光を振り仰ぎ、午後二時十五分を指す腕時計に目をやる。午後の授業をまるまるサボってしまった。午後は学科ごとの専門課程だから、タクヤにノートをコピーさせてもらうわけにもいかない。どうしよう。そう言えば、放課後に校長室に呼ばれてたんだっけ……。怖さを忘れようとする無意識が働いたのか、そんな事々が頭を去来する。バナージは、背後に広がる街並みを振り返ってみた。アナハイム工専の校舎を内包する見慣れた街並みは、この時はひどく色褪《いろあ》せて見えた。

「また、戦争が起こるって言ってたよね」

先を行く少女の背中に目を戻し、バナージは慎重に切り出した。オードリーは歩みを止めた。

「それを防ぐために、会わなければならない人がいるって。それって……」

出し抜けにわき起こった音と震動が、続く言葉を封《ふう》じた。びくりと体を震わせたオードリーに並び、バナージは前方を見遣った。

造成ユニットの後退に伴い、コロニーの伸張が始まったのだった。コロニーの外壁を覆う『ロクロ』がスライドし、〈インダストリアル7〉がその全長をじりじり伸ばしてゆく。それは月側の気密壁がゆっくり後退し、輪切りにされた内壁全体が動き出す光景となって、内側にいるバナージたちに目撃された。

直径六・四キロの円筒が身震いし、気密壁と、輪切りにされた内壁との割れ目を押し拡げてゆく。まだ骨組みしかできていない第一工程下の地盤ブロックの先、拡大する割れ目から『ロクロ』の内壁が覗き、まだ外壁さえ存在しないコロニーの〝地肌〟を露《あらわ》にする。リニア・レールに沿って後退する六基の造成ユニットは、そろってその割れ目に収まり、まずはコロニーの外壁建造に取りかかる。それを終えると前方に移動し、各工程下にある地盤ブロックを順次仕上げて、新しい大地をコロニー内に繰り込むのだった。

地響きとともに大地がスライドし、山のような造成ユニットが谷底のごとき割れ目にはめ込まれる――バナージには見慣れた〝天地創造〟の光景だったが、膨大な質量の移動が織り成すスペクタクルは、何度見ても圧倒されずにはいられない。オードリーも同感らしく、「すごい……」と呟《つぶや》いた横顔はほとんど感動していた。エメラルド色の瞳《ひとみ》を輝かせ、その表情は歳相応の少女に戻っているように見えた。

「見るの、初めて？」

尋ねたバナージに頷《うなず》きながらも、オードリーは目前の光景から目を離さなかった。渦巻く雲、遠ざかる気密壁、併せて伸張する人工太陽の基部と、その周辺に浮かぶ飛行船のような仮置倉庫――。

「世界が広がってゆく……」

夢うつつといった面持ちで、オードリーはぽつりと呟いた。その感じ方、表現の仕方は、想像外の修羅を生きてきた少女のものではない。自分と似た感性を持ち、価値観を共有できる何者かの声とバナージには聞こえた。不安も恐怖も瞬時に色をなくし、バナージはひとり口もとを綻《ほころ》ばせた。こちらを意識の外にしたオードリーの傍らに並び立ち、前だけを見つめるようにする。

背後の色褪せた街並みとは異なり、明らかに輝度を増した世界がそこにあった。生まれて間もない〝世界〟の空気を吸い込みつつ、バナージはすり鉢状に抉《えぐ》れた気密壁を見上げた。すり鉢の底に位置するコロニービルダー――〈カタツムリ〉に至るゲートは、蠢《うごめ》く雲に遮られて見えなかった。

※

　コロニーの伸張工事は、その一端に接続されたコロニービルダーも共振させずにはおかない。午後二時半、『ロクロ』のスライドが完了し、〈メガラニカ〉の格納甲板《デッキ》は元通りの密やかな喧噪《けんそう》に包まれていた。格納デッキと言っても、〈メガラニカ〉のそれは戦艦が収納できるほどのスペースがある。〈カタツムリ〉のあだ名に準《なぞら》えるなら、背負った殻の中心に位置するそこは、直径三百メートル強、奥行は一キロにも及ぶ。〈インダストリアル7〉の月側の気密壁と直《じか》に接し、建設資材を送り込む搬入口にもなっているという意味では、小規模な港と表現した方が正確かもしれない。

　その一画で、カーディアス・ビストは密やかな喧噪を——RX－0《ユニコーン》のパッケージング作業を——見守っていた。白い機体に十数人の整備士が取りつき、アクセスハッチのシーリングや、注意書きのメモを各部に貼りつけてゆく。納品前の見慣れた光景ではあるが、正規の納品ではないという自覚が、整備士たちを寡黙にしているのだろう。通常のMSハンガーではない、密閉性の高い専用ケージを用いての作業であることも、彼らを無口にする一因かもしれない。予備部品や装備ともども、箱のような専用ケージに収められつつある《ユニコーン》は、模型屋に並ぶロボットの玩具《おもちゃ》そのままに見えた。あるいは、箱詰めされる精密機械と言うべきか。

違うところがあるとすれば、返品や修理を受け付けない製造元の意向により、たっぷりの修理部品と消耗品があらかじめセットされていること。引き取り人がその場で〝悪さ〟をしないよう、四肢が超鋼スチールで拘束されていることぐらいだが、それについては、効果があるかどうかは怪しいとカーディアスは思っていた。《ユニコーン》がフルパワーを発揮すれば、この程度の拘束は引きちぎってしまうかもしれない。この機体に使われている特殊なフレームの限界性能は、まだ見極められたとは言えないのだから……。

そんなことを考え、プチモビに牽引《けんいん》されてゆく専用ビームライフルを頭上に見上げた時、音もなく流れ寄ってきたガエル・チャンの長身が傍らに立った。無重力下での体捌《たいさば》きにそつがないガエルが、足をもつれさせるようにして着地したのを見て取りつつ、カーディアスは無言で用件を促した。

「たったいま、第二リフトの監視カメラが捉《とら》えました」

そう言ってガエルが差し出した写真には、資材搬出入用のリフトに乗り込む少女の顔が映っていた。斜め上から撮影されたその顔を凝視したカーディアスは、小さく息を呑《の》んだ。

「……なぜ、〝彼女〟が？」

「わかりません。こちらに向かっています。今朝方、人工太陽のサービス・ルートに侵入した者がいるとの報告は受けておりましたが、身元も行方も不明のままでした。もしかしたら〝彼女〟だったのかもしれません」

栗色の髪、わざと顔をさらすようにカメラを見上げた挑発的な瞳の色は、他人の空似にしてはできすぎていた。この十年、公式に撮られた写真は一枚もないが、カーディアスは三年ほど前、連邦軍情報部が撮影に成功した写真を見てもいる。間違いなく〝彼女〟だと認めるよりなかった。

だが、なぜここに？　数枚ある写真をめくり、〝彼女〟とともにリフトに乗り込む別の人影を見たカーディアスは、思わず目を見開いた。〝彼女〟の顔を目の当たりにした時とは別種の、五臓に突き通るような衝撃が走り、写真を持つ手が震えるのを自覚した。

「この少年は？」

「同行者のようです。警護にしては若すぎますが……」

そこでガエルが言い澱《よど》んだのは、こちらの動揺を敏感に読み取ったからに違いなかった。

カーディアスは最大限の自制心で手の震えを抑え、残りの写真に目を通した。

母親譲りの焦げ茶色の瞳、少しふっくらした面立ち。これも間違いなかった。ずっと保留にしてきた人生のしこりが、こんな時に目の前に現れる。しかも〝彼女〟とともに――。

「『袖付《そでつ》き』からはなんの連絡もないのだな？」

震えぬ声が出せるようになるまでに、たっぷり十秒はかかったか。ガエルの窺《うかが》う目を見ずに、カーディアスは問うた。

「ありません。が、工事区画でちょっとした騒ぎがあったようです。内輪もめの可能性はあります」

「〝彼女〟の独断というわけか……」

『袖付き』の現状を思えば、考えられないことではなかった。が、〝彼女〟がここに来る理由はそれで説明がつくとしても、この少年が同行している理由はわからない。彼のこれまでの人生に、『袖付き』のような連中と関わりを持つ機会はなかった。なにが起こったのか。どういう経緯が彼をここに招き寄せたのか。〝私〟に関わる事情を、財団という〝公〟に仕えるガエルに打ち明ける気にはなれず、カーディアスは写真の中の顔を穴が開くほど見つめた。

「『箱』の譲渡に支障をきたす恐れがあります。お引き取り願いますか？」

ガエルが言う。その実直な目を見返し、再び写真に目を落としたカーディアスは、岐路という言葉を思い出した。

※

リフトを降り、無防備に開いているゲートをくぐって、最寄りのエレベーターに乗り込む。五百メートルあまりも降下した先は、コロニービルダーの居住区だった。

〈カタツムリ〉の殻の内壁に当たる区画だろう。コロニーの四分の一程度の直径しかないコロニービルダーの居住区は、遠心重力も半分以下にしか作用していない。バナージとオードリーは、半ば飛ぶようにしてエレベーターを降り、薄い重力の原に足を踏み入れた。外は一面の緑に覆われており、人の気配はまるでなかった。車の音もプチモビの駆動音も聞こえず、鳥の囀《さえず》り声だけが散漫に空気をかき回している。騒がしい工業コロニーとは別世界の、耳が痛くなるほどの静けさがそこにあった。

天井に埋め込まれたパネル式の人工太陽が照らす下、ほとんど草原と言っていい光景が内壁を埋め尽くしている。工事用の資材置場と、作業員の宿舎があるだけの場所と想像していた身には、意外に過ぎる光景だった。低重力のため、草木はコロニー内のそれより背が高いが、手入れが行き届いているので異様というほどのことはない。地盤ブロックもコロニーより小規模なものがはめ込まれており、左右を見渡さなければ平面に見える。そこに豪奢《ごうしゃ》な屋敷が鎮座し、庭の噴水がちゃんと動いているさまを見るに至っては、コロニービルダーという形式ばった名称が嘘に思えた。旧世紀の貴族の庭園さながら、大富豪の私有地という噂通りの光景が目の前にあった。

「ミコットの言った通りだ……」

地球上に建てられていたものを、そのままここに移築したというビスト財団の屋敷。バナージは、富裕の二文字を浮かび上がらせる邸宅《ていたく》につくづく見入った。チューダー朝様式とでも言うのだろうか？　三階建ての屋敷は、コロニーではほとんど見かけない石造りの建物で、幅は百メートル近くあり、正面玄関の前に車寄せを備えている。壁は長い風雨に耐えてきたことを教えて灰色に染まり、城塞《じょうさい》のごとき圧迫感を放って見る者を畏怖《いふ》させずにおかない。しかもその背景には青空と雲が広がり、地球のそれとなんら変わりない光景を現出しているのだ。

旧式のドーナツ型コロニー同様、壁面に空を立体投影しているのだろう。時間軸は〈インダストリアル7〉と同じらしく、午後の多少倦《う》んだ光が屋敷を照らし出している。低木の陰に潜み、森閑とした屋敷の様子を窺ったバナージは、不用意に立ち上がったオードリーの挙動に慌てた。ここまではノーチェックで踏み入ることができたが、この先も無事に行けるという保証はない。「行くのかい？」と声をかけると、オードリーは立ち止まり、まだいたのかと言わんばかりの顔をこちらに振り向けた。

「ここから先は私ひとりで大丈夫。あなたは帰って」

線を引く声音だった。「でもさ……」と戸惑う声を出したバナージに、オードリーは体全部を向けた。

「向こうはもう私が来たことに気づいてる。招待しているのよ」

「知ってるの？　ビスト財団は君のことを」

ぴくりと跳ねた眉《まゆ》に、動揺が見え隠れした。「会わなければならない人って、やっぱり財団の……」と言ったこちらの声を最後まで聞かず、オードリーは背を向けた。バナージはふんと鼻息を漏らし、オードリーを追い越す歩幅で歩き出した。

「バナージくん……！」

「外で怖いお姉さんたちが待ち構えてるかもしれないんだ。前に進んだ方が安全だよ」

ここでまた尻尾《しっぽ》を巻いてどうする。「それと、バナージでいいよ」と付け足して、バナージは草地で動きづらそうにしているハロを抱え上げた。「そうだよな？」と話しかけると、（ハロ！）と元気のいい声が腕の中で弾《はじ》けた。

それを肯定の返事と受け取って、バナージは屋敷を目指して歩き始めた。招待されているのかどうかはともかく、自分たちを捕らえるのに屋敷まで誘い込む必要があるとは思えない。とりあえず危険がないなら、せっかく入った〈カタツムリ〉の中を見てみたいという思いもあった。コロニービルダーは、もともと木星圏開発のために建造されたベースシップなのだ。仮にも木星行きを志願している工専学生としては、技術的な興味もないではなかった。

実際、その観点からすると、地球の草原をまるごと持ち込んだようなこの居住区の光景にも意味が出てくる。熱核反応炉の燃料となるヘリウム3を採取するべく、現在でも定期的に輸送船団が送り込まれている木星だが、往復十六億キロにも及ぶ航海には数年間を要し、乗務員が精神錯乱を引き起こすケースも少なくないと聞く。地球光さえ数多《あまた》の星粒の中に隠す深宇宙――人間の心には遠すぎる場所に赴き、孤独な建設作業に勤《いそ》しむコロニービルダーには、だからこんな箱庭が必要なのかもしれない。立体映像ではなく、手で触れ、足で踏みしめ、匂いを感じ取れる〝自然〟が人の心を救うのかもしれない。総人口の大半がスペースコロニーで暮らし、本物の自然を知らないスペースノイドになっていたとしても。

「心が地べたから離れられないのに、ニュータイプなんて言ってもな……」

我知らず、そんな独白が口をついて出た。「え？」と聞き返したオードリーに曖昧《あいまい》な笑みを返し、バナージは止めていた足を動かした。どうしてそう思ったのか自分でもわからない。ジオン・ダイクンが提唱したニュータイプ論に興味を持ったことなどないのに。先刻の歴史の授業が耳に残っていたせいだろうか。

しばらく歩くと、膝《ひざ》まで覆っていた草地は芝生に変わり、彫刻をあしらった噴水ごしに屋敷の細部が窺えるようになった。相変わらず人の気配はなく、屋敷を囲む塀や門扉の類いもない。この居住区全体がひとつの敷地で、自分たちはすでに庭に入り込んでいるということなのだろう。

なら、いまさら不法侵入を気にしても始まらない。バナージは玄関前の階段を昇り、観音開きの大きなドアを目前にした。ドアは本物の木製で、ライオンの口が鉄輪をくわえる飾りがついている。オードリーと頷《うなず》きあい、バナージは映画の見よう見真似で鉄輪を打ち鳴らした。こんなものが呼び鈴の役に立つのか疑わしかったが、鉄がぶつかりあう音は思いのほか重く、森閑とした居住区全体に響いたのではないかと思えた。開く気配のないドアと向き合って数秒、肩をすくめたバナージより先にオードリーがドアノブをつかみ、鍵《かぎ》のかかっていないドアは軋《きし》む音を立てて押し開かれた。

二階までぶち抜いた高い天井と、そこからぶら下がる豪奢なシャンデリアがまずは目に入った。正面には二階に至る広い階段があり、昇った先にはキャットウォークのような空中廊下がある。映画なら着飾った婦人が嫣然《えんぜん》と微笑みかけてきそうな廊下は、しかし薄闇の中で静まり返っており、慇懃《いんぎん》な執事が応対に出てくる気配もない。壁に飾られた肖像画の視線以外、勝手に屋敷に入り込んだ二人を見咎《みとが》めるものはなく、人気の絶えた家特有の空気がバナージを押し包んだ。

モデルハウスの空虚さでもなければ、廃屋の無残さというのでもない。家具といい調度といい、大勢が暮らした生活の痕跡《こんせき》がひとそろいあるのに、人の体温を忘れて冷えきっている空気――。ぶるりと体の芯《しん》が震えるのを感じながら、バナージは「どなたかいらっしゃいませんか」と呼びかけた。返事はなく、オードリーと顔を見合わせたバナージは、とりあえず一階の奥に進んだ。

定期的にメンテナンスされているのか、無人の部屋や廊下に黴臭《かびくさ》さは感じられなかった。

客間のソファには埃除《ほこりよ》けのシーツがかけられ、カーテンの閉じた窓ガラスもきれいに磨かれている。勝手にカーテンを開ける気になれず、隙間から差し込むわずかな光を頼りに一階を見て回ったバナージは、中庭を望むテラスに出たところで立ち止まった。四角に連なる母屋に囲まれた中庭は、工専のグラウンドに匹敵する広大さで、中央にあるレストハウスの周囲には複数の彫刻が置かれていた。

どれも美術の教科書で見た覚えのあるものだから、実物ではあるまい。精巧なレプリカなのだろうが、無人の庭に佇《たたず》む彫刻たちにはうそ寒い存在感があり、自分たちが来るまで動き回っていたのではないかと想像させた。

小鳥が一羽、頬杖《ほおづえ》をつく男の像の頭に止まり、すぐに飛び去ってゆく。じっと見つめるうち、その像にじろりと見返されたような気分になったバナージは、生唾《なまつば》を飲んでテラスからあとずさった。「ここには誰もいないみたいだ」と取り繕う声を出しつつ、廊下に戻る。

「どこかに司令部区画《コマンド・モジュール》があるはずだ。そっちに……」

言いかけて、ぎょっとした。オードリーがいない。ハロだけが廊下に転がっている。左右を見回してもその姿を見つけられず、慌てて棟続きの隣の棟に行くと、廊下に並ぶドアの一枚が開いているのが見えた。戸口に駆け寄ったバナージは、薄暗い部屋の中に佇むオードリーを見て心底ほっとした。

カーテンの隙間から差し込む光の中、その横顔はじっと壁を見上げている。おどかすなよ、と声をかけようとしたバナージは、部屋に足を踏み入れて絶句した。

異様に天井が高い、これまで見た中ではいちばん広いと思える部屋の壁に、大きな絵が六枚、それ自体が壁であるかのように隙間なく飾られていた。いや、絵ではない。どれも深紅を地色にした一連の絵は、大きな布地に織り込まれたものだとわかる。大がかりな刺《し》繡《しゅう》……確か、タペストリーと言うのだったか？

六枚の大きさは不揃いだが、小さいものでも幅三メートル、高さは五メートル近くある。連作と呼ぶべきか、すべて同じ地色、同じ構成で作られていて、どれも庭園に立つ女性を中心に花々や動物たちが織り込まれていた。小宇宙を想起させる幻想的な世界に佇む女性の両脇には、必ず二頭の獣が控えており、それぞれに異なる三者のたたずまいが六つの情景を描き出している。一頭はライオン。そしてもう一頭は、馬の体に長い一本の角を持つ伝説の獣――。

「ユニコーン……」

オードリーがぽつりと呟《つぶや》く。バナージは、心臓がひと跳ねする音を聞いた。

今朝、地下鉄から見た白いモビルスーツの印象が呼び覚まされ、あの時と同様、ざわざわと体中の血がざわめく。なぜかはわからず、考える頭も働かなかった。侍女が持つ皿から菓子を手に取る女性、テーブルの上に置かれた携帯式のオルガンを弾く女性、花冠《はなかんむり》を編む女性。一連のタペストリーに目を吸い寄せられながら、頭の奥底でなにかが蠢《うごめ》き、頭蓋《ずがい》を突き破って滲《にじ》み出てくるのをバナージは感じた。

ユニコーンを膝に載せ、その顔を手鏡に映す女性。三日月の紋章が描かれた旗を一方の手に持ち、もう一方の手でユニコーンの角に触れる女性。そして最後の一枚は、小さな天幕の前に立ち、侍女が捧《ささ》げ持つ箱に自らの首飾りを収める女性。ユニコーンとライオンは女性の左右で天幕の裾《すそ》を掲げており、首飾りを外した女性に入幕を促しているように見える。天幕の上に書かれた文字『A MON SEUL DESIR』は、いまや一部の研究者しか話せない旧世紀のフランス語。意味は――

「……私の、たったひとつの望み」

無意識に口にして、ぞくりと悪寒《おかん》が走った。読めるはずがない。知っているはずがないのに。え？　とこちらを見たオードリーから目をそらし、バナージは「これ、有名な絵？」と低く尋ねた。

「さあ……。美術品のコロニー移送がビスト財団の仕事だから、価値のあるものだとは思うけど」

答えながら、オードリーは怪訝《けげん》そうに眉をひそめる。わかっている、とバナージは内心に呟いた。有名かどうかは問題ではない。以前にテレビや教科書で目にしたとか、そんな話ではないのだ。自分はこのタペストリーを知っている。いや、触れたことさえある。ずっと昔、まだこのタペストリーの下端に手も届かなかった頃に。誰かが自分を抱き上げて、ここに描かれた事々の意味を教えてくれた。その間、部屋にはピアノの調べが流れていて――。

ゆっくり背後を振り返る。窓際に置かれたグランドピアノが、カーテンごしの微光に浮き立っていた。バナージはそちらに歩み寄り、布のカバーがかけられたピアノに触れてみた。

「やっぱり、人は住んでいないようね。コントロール区画を捜してみるわ。あなたはもう……」

「知っている」

我知らず呟いてから、バナージはオードリーの方に振り返った。「知ってるんだ。見たことがあるんだよ」

「このタペストリーを？」

二面の壁を埋めるタペストリーを見回し、オードリーはきょとんとした顔をこちらに向ける。自分でも説明できない苛立《いらだ》ちに駆られ、「そうじゃなくて……」と焦《じ》れた声を出したバナージは、「気に入りましたかな」と割り込んできた第三者の声に息を呑《の》んだ。

左右を見回す。部屋の戸口に、ひとりの男が立っていた。硬直したオードリーを見、ちらりとバナージに視線を流してから、男はおもむろに部屋の中に足を踏み入れた。薄明かりがその銀髪を浮かび上がらせ、鋭い眼光の所在を露《あらわ》にすると、部屋の空気が密度を増したような圧迫感をバナージは覚えた。思わずあとずさった拍子にピアノにぶつかり、その上に置かれていた写真立てがぱたりと倒れる。

反射的に振り返った目に、一葉の写真が映えた。両親らしい男女に挟まれ、十歳くらいの小太りな少年がぶすっとした顔で写っている。少年の肩に手を置く母親らしい女性は、ひとり儚《はかな》げな微笑《ほほえみ》を浮かべ、傍らに立つ精悍《せいかん》な男は少年に負けず劣らずの仏頂面。チャイナ風の襟の立ったスーツに身を包む男の顔を見、正面に目を戻したバナージは、薄闇に浮かぶ鋭い眼光をつかのま凝視した。

頬の肉が削《そ》げ、髪の色が抜け落ちてはいるが、目前に立つ男の顔は写真の中にそっくり重ね合わせられる。おそらくは、この屋敷の主《あるじ》。アナハイム・エレクトロニクスの大株主にして、〈カタツムリ〉の実質的オーナーと噂されるビスト財団の当主——。

「『貴婦人とユニコーン』。作者不詳、中世紀以前にフランスで製作されたと思われるタペストリーです。レプリカではありません。一年戦争以前に、先代が苦労して入手したと聞いています」

身を硬くする侵入者二人を泰然と見下ろし、男——カーディアス・ビストは続けた。

「この婦人が手にする三日月の紋章旗は、フランス国王の顧問であったビスト家の紋章。すなわち当家の家紋であったものです。おそらく、先祖が製作を依頼して、後に人手に渡ったのでしょう」

　穏やかでありながら、その声音には割って入ることを許さない強圧さがある。バナージは倒れた写真立てを元に戻し、そこに写る家族の顔を目に焼きつけた。

　いまより二十歳は若いと思われるカーディアスと、その妻子であろう女性と少年。知らない顔、縁もゆかりもない他人たちの写真だ。確認した途端、〝知っている〟という感覚はあやふやになり、タペストリーも、ピアノも、急によそよそしい異物になっていった。

「一連のタペストリーは、それぞれ人間の五感を象徴したものだと考えられています。この菓子を受け取っている婦人は味覚。オルガンを弾いているのは聴覚。花冠を編んでいるのは嗅覚《きゅうかく》。手鏡を持っているのは視覚。ユニコーンの角に触れているのは触覚……」順々に説明したカーディアスは、六枚目に視線を移したところで微《かす》かに目を細くした。「そして最後、『天幕』と名づけられた一枚。これがなにを象徴しているのかは、いまだに結論が出ていません。それまで身に付けていた首飾りを外し、侍女が捧げ持つ箱に収める婦人。背後には『私のたったひとつの望み』と書かれた天幕があり、ユニコーンと獅子《しし》がその入口へと誘っている。この天幕が象徴するものはなにか。『箱』はなにを表しているのか」

　オードリーの目がわずかに見開かれ、息を吞む気配がバナージにも伝わった。カーディアスはそちらに体を向け、

「天幕の中には彼女の夫がいるとも、世俗のすべてを捨てた精神世界があるとも言われて

いますが、現在の解釈では後者が一般的です。首飾りを放棄することで、婦人は五感によって得られる悦《よろこ》びと、それによって引き起こされる欲望を断ち切ろうとしている。そして第六感でしか感知し得ない領域に自らを解き放つ……。古代の哲学者が論ずるところの自由意志、いわゆる〝解脱《げだつ》〟ですな。すなわち、『私のたったひとつの望み』とは悟りの境地を意味しており、天幕はその象徴。首飾りは我欲《がよく》を象徴し、『箱』はそれを封じ込めた世俗の象徴ということになる。あるいは、その『箱』が開かれたからこそ、婦人は我欲を捨てて次なる世界に目を向けられたのだという解釈も成り立つ」

なにかの暗号のように聞こえた。いっそう身を硬くしたオードリーを見つめ、カーディアスは柔和な微笑を浮かべた。

「このユニコーンの存在も象徴的です。古来、さまざまな寓意《ぐうい》を持たされてきた伝説上の獣ですが、当家ではこれを可能性の獣と捉《とら》えている。皆《みんな》がその存在を信じ、愛することによって生まれた獣。人々は存在の可能性だけでこの獣を養い、もはや実在するかどうかは重要ではなくなった……。リルケの詩にある通りです。彼はそれを処女性の象徴としたとするのが一般的ですが、我々はもっと普遍的な言葉に置き換えて捉えています。信じる力によって養われるもの……つまり、希望の象徴であるとね」

話し終えたカーディアスの胸に、ユニコーンを象《かたど》った徽章《きしょう》が縫いつけてあることにバナージは気づいた。ビスト財団の紋章かなにかかと思う間に、「申し遅れました」と続けたカーディアスの視線がオードリーに注がれた。

「当家の主、カーディアス・ビストです」

表情は柔和なままでも、オードリーを見下ろす目は少しも笑っていない。思わずというふうに視線を逸《そ》らし、「あの……」と言い澱《よど》んだオードリーは、ぐっと拳《こぶし》を握りしめてカーディアスの長身に向き直った。

「勝手にお屋敷に入ったことはお詫《わ》びします。私は……」

カーディアスは軽く手を挙げ、先の言葉を制した。「あなたのことは存じています。いまは名乗らない方がいい」

「ですが……」

「この少年をこれ以上の厄介事に巻き込むのは、あなたもお望みではないはずだ。違いますか？」

そこでようやくこちらを見たカーディアスは、バナージと視線を絡ませたのも一瞬、すぐにオードリーに目を戻した。

「ご用件はあとで伺いましょう。ただ、あなたがわたしの想像している通りの人物なら、このような形で会うのは危険だということはご承知いただきたい。あなたがここにいるというだけで、我々はあなたのお仲間から裏切りを疑われる」

「ジンネマンは慎重な男です。無用な騒ぎは……」

「無用なことですかな？　あなたのお身柄をお守りすることが」

握りしめた拳を小さく震わせ、オードリーは押し黙った。なにが話し合われているのかもわからず、目をしばたたいたバナージは、不意にこちらを見たカーディアスと再び視線を交わらせた。

「君、冒険が過ぎたな。この方はこちらで預かる。帰りなさい」

それだけ言うと、カーディアスはまたオードリーに目を戻した。道端の犬を一瞥《いちべつ》したというような、長く向き合う価値はないと言っている物腰だった。咄嗟《とっさ》に頭が熱くなり、バナージは「ちょっと待ってください」と口を開いていた。

「彼女は追われているんです。ひとりにして帰れません」

財界の大物だろうがなんだろうが、初対面の相手をこうも軽んじる態度が許されるはずはない。一歩前に踏み出したバナージは、しかし鋭い視線をくれたカーディアスに押し返され、中途半端な姿勢でその場に留まった。身にまとった重い空気をゆらりとひるがえし、カーディアスは立ち尽くすバナージとの距離を詰めた。

頭から爪先までさっと目を走らせてから、足もとに転がるハロをつかのま見据える。

「古いおもちゃだな」と呟《つぶや》かれた声に、奇妙な湿度があった。虚をつかれたバナージは、冷たい光を放つカーディアスの眼《め》を正面に受け止めた。

「この方がなぜ、誰に追われているのか、君は知っているのか？」

「それは……よくは知りません。でも、怖い人たちですから」

「怖い？」

「そう感じるんです」

震えそうな指先をきつく握りしめ、目を逸らさずに答える。カーディアスの眼がふっと和らぎ、「ニュータイプのようなことを言う……」と苦笑混じりの声がバナージの耳朶《みみたぶ》を打った。子供じみた妄言という意味で言ったのだということは、その表情を確かめるまでもなく明らかだった。

「そういう人たちが出入りするような場所で育ちました。見ればわかります」

もはや意地しかなかった。一笑に付されると覚悟したが、カーディアスは目の奥の苦笑を吹き消した。「……なるほど。人を見る目はあるというわけだ」と応じた声に、再び奇妙な湿度が入り混じるのをバナージは聞き逃さなかった。

「なら、その見識を無駄にしないことだ。帰りたまえ。このままここに居続ければ、君は将来を棒に振ることになる。それは、君をアナハイム工専に入学させた支援者の本意でもあるまい」

思ってもみない言葉に、心臓がひとつ大きな脈を打った。知られている？　いや、このカーディアスが見知らぬ父の知り合いかなにかで、自分を工専へ転入させるよう頼まれた可能性も皆無ではない、とバナージは急に思いついた。

父がそれなりの地位の人であろうことは、母の断片的な話と、これまでの経緯からなんとなく承知している。あやふやな印象ではあるが、この部屋とタペストリーに感じた既視感が錯覚でないなら、自分は過去にここを訪れたこともあるらしいのだ。錯覚にしては、ひどく具体的な既視感……家族写真を見ていなかったら、ここが自分の家だったのではないかと思いこめるほどに。

「ご存じ……なんですか？」

その瞬間には前後の事情も忘れ、バナージは問うた。カーディアスは微かに目を逸らし、

「仮にも理事長だ。その気になれば生徒のことは調べられる。君を退学にする権限だってある」

最後のひと言は、ぴたりと据え直された視線とともにバナージを貫いた。〝招待〟されたオードリーともども、〈カタツムリ〉に侵入した時点で監視下に置かれていたなら、自分の素姓を調べるのは造作もなかったということか。冷たい納得が胸に落ち、バナージは顔をうつむけた。先刻までの熱が嘘のように冷め、膝《ひざ》から力が抜けるのが感じられた。

「若者の血気は認めよう。直観を信じるのもいい。しかし知識と実力がついてこないのでは、対処を間違える。帰りなさい。この件には関わらないことだ」

一方的に押しかぶせると、カーディアスはバナージの前から離れた。なにも言い返せず、その背中を睨《にら》みつけることもできずに、バナージは顔をうつむけた。また屈している。今

度は権力という名の暴力に押しひしがれ、膝を折ろうとしている。そう自覚しても、萎《な》えた神経が奮い立つ気配はなく、バナージはオードリーの方に目のやり場を求めた。

オードリーもこちらを見返す。目と目が合ったのも一瞬、すぐに逸らしたオードリーを見て、バナージは絶望的な気分になった。次に彼女がなんと言うか、わかってしまったからだった。

「バナージ、もういい。帰って」

もう一度、今度は意識して向けられた瞳《ひとみ》とともに、予想通りの言葉が胸に突き立った。バナージは「でも……！」と声を荒らげた。

「ここに連れてきてくれただけで十分。あとは自分でできます」

こわ張った笑みを投げかけたのを最後に、オードリーはカーディアスに視線を移した。強い意志を孕《はら》んだ瞳を見つめ、カーディアスは無言でその場から離れる足を踏み出す。オードリーがそれに続く気配を感じ取ったバナージは、考えるより先に床を蹴《け》った。

低い重力に体勢を崩しそうになりつつ、部屋の戸口に向かおうとするオードリーの前に立ち塞《ふさ》がる。「オードリー」と呼びかけると、エメラルド色の瞳がまっすぐバナージを見た。

「おれ、今朝、君と会う前に、地下鉄から白いモビルスーツを見たんだ」

ひとつ瞬きをして、オードリーは少し顎《あご》を上げた。耳をそばだてるカーディアスの背中もろくに目に入らず、バナージはオードリーの顔だけを見た。

「そのあと、バイトに行ったら休みだって言われて、タクヤと一緒に食堂で腐ってたら、君が太陽の近くで漂流してるのを見た。あとのことはよく憶えてないけど、すごくどきどきしたんだ、その時。急に別の世界が目の前に現れたっていうか、それまで隠されていたものが見えたっていうか……。こんな気持ち、初めてなんだ。初めて自分の居場所が見えたみたいなんだ」

バカな話をしている。わかっていても、勝手に動く口を止められなかった。オードリーの表情に一点の翳《かげ》りが差し、みるみる顔じゅうに拡がってゆくのを見ながら、バナージはひとり喋《しゃべ》り続けた。

「君が誰だってかまわない。必要だって言ってくれ。一緒にいた方がいいって。そうしたらおれは……」

「必要ない」

全部を伝え終えるより早く、オードリーは言った。硬い顔と声に突き飛ばされ、バナージは体がよろめくのを感じた。

「あなたが今日、覗《のぞ》き見た世界。そこにはなにもない。暗くて冷たいだけの世界よ。あなたはそこに来るべき人ではない」

「オードリー……」

「忘れて。あなたは、もう私には関わらない方がいい」

今度こそ、ここまでと線を引く声だった。オードリーは背を向け、バナージは立ち尽くした。細く頑《かたく》なな背中の先で、タペストリーの深紅の地色が薄闇に浮き立って見えた。

二人の寸劇が終わるのを見計らってか、カーディアスが軽く顎を振る。部屋の戸口から背広姿の男が姿を見せ、慇懃《いんぎん》な物腰でオードリーに案内する素振りを示した。オードリーはすっと背筋をのばし、彼らについてゆく。思わずあとを追おうとしたバナージは、不意に背後に発した人の気配に足を止めた。いつ、どこから部屋に入ってきたのか、二人の男がすぐうしろに立っていた。

「寄宿舎までお送りします」

男のひとりが言う。猟犬の精悍《せいかん》さと獰猛《どうもう》さを想起させる男の胸には、ユニコーンの徽章《きしょう》があった。逆らえば容赦なく取り押さえられるとわかり、バナージはカーディアスを見た。オードリーとともに部屋を退出しかけていたカーディアスは、「そうした方がいい」と顔だけ振り向けて言った。

「この方を追っている者たちが、君を狙わないとは限らん」

理屈だった。理屈であしらわれているとも思ったが、もう口は動かなかった。バナージは拳《こぶし》を握りしめ、顔をうつむけた。悔しさと情けなさで鼻が熱くなり、タペストリーの中のユニコーンがじわりと滲《にじ》んだ。

オードリーは振り向かずに部屋の戸口をくぐり、カーディアスがあとに続いた。去り際、振り向けられた視線がわずかに粘りけを帯び、自分を見たようだったが、顔を上げた時にはその背中は消えていた。戸口から差し込む光が室内に残され、失われた世界の残滓《ざんし》をバナージに見せつけた。

《二巻につづく》

本書は、二〇〇七年九月に小社より刊行された単行本を文庫化したものです。

ユニコーンの日《ひ》（上）
機動戦士《きどうせんし》ガンダムUC《ユニコーン》①
福井《ふくい》晴敏《はるとし》

角川文庫 16098

平成二十二年一月二十五日　初版発行

発行者—井上伸一郎
発行所—株式会社角川書店
東京都千代田区富士見二—十三—三
電話・編集　(〇三)三二三八—八五五五
〒一〇二—八〇七八
発売元—株式会社角川グループパブリッシング
東京都千代田区富士見二—十三—三
電話・営業　(〇三)三二三八—八五二一
〒一〇二—八一七七
http://www.kadokawa.co.jp
印刷所—旭印刷　製本所—BBC
装幀者—杉浦康平

定価はカバーに明記してあります。

ふ 24-50　ISBN978-4-04-394335-7　C0193

角川文庫発刊に際して

角川源義

第二次世界大戦の敗北は、軍事力の敗北であった以上に、私たちの若い文化力の敗退であった。私たちの文化が戦争に対して如何に無力であり、単なるあだ花に過ぎなかったかを、私たちは身を以て体験し痛感した。西洋近代文化の摂取にとって、明治以後八十年の歳月は決して短かすぎたとは言えない。にもかかわらず、近代文化の伝統を確立し、自由な批判と柔軟な良識に富む文化層として自らを形成することに私たちは失敗して来た。そしてこれは、各層への文化の普及滲透を任務とする出版人の責任でもあった。

一九四五年以来、私たちは再び振出しに戻り、第一歩から踏み出すことを余儀なくされた。これは大きな不幸ではあるが、反面、これまでの混沌・未熟・歪曲の中にあった我が国の文化に秩序と確たる基礎を齎らすためには絶好の機会でもある。角川書店は、このような祖国の文化的危機にあたり、微力をも顧みず再建の礎石たるべき抱負と決意とをもって出発したが、ここに創立以来の念願を果すべく角川文庫を発刊する。これまで刊行されたあらゆる全集叢書文庫類の長所と短所とを検討し、古今東西の不朽の典籍を、良心的編集のもとに、廉価に、そして書架にふさわしい美本として、多くのひとびとに提供しようとする。しかし私たちは徒らに百科全書的な知識のジレッタントを作ることを目的とせず、あくまで祖国の文化に秩序と再建への道を示し、この文庫を角川書店の栄ある事業として、今後永久に継続発展せしめ、学芸と教養との殿堂として大成せんことを期したい。多くの読書子の愛情ある忠言と支持とによって、この希望と抱負とを完遂せしめられんことを願う。

一九四九年五月三日

角川文庫ベストセラー

戦国自衛隊1549
福井晴敏
半村良＝原作
新兵器実験中の事故で、自衛隊の一個師団が460年前の戦国時代に飛ばされた。その影響か現代では時空の歪みが発生。はたして人類の運命は!?

うつうつひでお日記 DX
吾妻ひでお
事件なし、波乱なし、仕事なし。『失踪日記』刊行前の日常を綴った私的漫画日記。著者のメイド喫茶探検記、「ひでおのロリアル探検隊」を特別収録。

空の中
有川浩
二〇〇X年、謎の航空機事故が相次ぐ。調査のため高度二万メートルに飛んだ二人が出逢ったのは!? 有川浩が放つ〈自衛隊三部作〉、第二弾！

英傑の日本史 新撰組・幕末編
井沢元彦
土方歳三、坂本龍馬、勝海舟、西郷隆盛、福沢諭吉をはじめ、幕末という大変革期を疾走した男たちの生きざまから、歴史の新たな視点を開く！

英傑の日本史 源平争乱編
井沢元彦
源義経、平清盛、源頼朝、北条政子、武蔵坊弁慶など、その野望と絶望そして悲哀に満ちた生涯から、激動の歴史に隠されたドラマを読む！

英傑の日本史 信長・秀吉・家康編
井沢元彦
信長の独創力、秀吉の交渉術、家康の忍耐力――。軍備から政治経済まで、戦国の常識を打ち破った三傑の姿を追い、歴史の細部に潜む真実に迫る！

T.R.Y.
井上尚登
革命という情熱にうなされる怪男児、伊沢修。明治時代末期の中国・日本を舞台に繰り広げられる波瀾万丈のドラマ。第19回横溝正史賞正賞受賞作。

角川文庫ベストセラー

C.H.E.　井上尚登

リベルタの旅行会社にやってきた老女。隣国まで同行してくれれば一人千ドル出すという。金に目がくらんだヤザワと大友はともに国境を目指す。

DZ ディーズィー　小笠原慧

重度障害児施設に赴任した女医・志度涼子は、保護室に閉じ込められた少女に出会う。それが悲劇の始まりだった。第二十回横溝正史賞正賞受賞作。

葬列　小川勝己

運命に見放された三人の女と一人の男。負け犬たちの戦争が始まる！　超一級品のクライム・アクション！　第二十回横溝正史賞正賞受賞作。

彼岸の奴隷　小川勝己

手と首を斬り落とされた女の死体が発見された。捜査一課の蒲生は、所轄の刑事・和泉と組み、捜査を開始する。狂気のエンタテインメント！

GOTH《ゴス》 夜の章　乙一

連続殺人犯の日記帳を拾った森野夜は、死体を見物に行こうと「僕」を誘う…。本格ミステリ大賞に輝いた出世作。「夜」を巡る短篇3作収録。

GOTH《ゴス》 僕の章　乙一

世界に殺す者と殺される者がいるとしたら、自分は殺す側だと自覚する「僕」は森野夜に出会い変化していく。「僕」に焦点をあてた3篇収録。

幽剣抄　菊地秀行

榊原久馬の家にいる幽霊・小夜は辻斬りの犠牲者だった。小夜は自分の仇を討たねば榊原一族を呪い殺すという。時代小説怪異譚。解説・石田衣良

角川文庫ベストセラー

追跡者　幽剣抄　菊地秀行

飲み屋の看板娘お妙は、浪人大鳥譲也に憧れていた。だが、ある夜、彼の過去を知る男に、大鳥はすでに死んでいるはずだと聞かされ……。

嗤《わら》う伊右衛門《いえもん》　京極夏彦

古典『東海道四谷怪談』を下敷きに、お岩と伊右衛門夫婦の物語を、怪しく美しく、新たに蘇らせる。第二十五回泉鏡花文学賞受賞作。

巷説百物語　京極夏彦

舌先三寸の甘言で、八方丸くおさめてしまう小股潜りの又市や、山猫廻しのおぎん、考物の山岡百介が活躍する江戸妖怪時代小説シリーズ第1弾。

続巷説百物語　京極夏彦

凶悪な事件の横行でお取りつぶしの危機にある北林藩で、又市の壮大な仕掛けが動き出す。妖怪仕掛けが冴え渡る人気シリーズ第2弾。

一瞬の光　白石一文

38歳の若さで日本を代表する企業の人事課長に抜擢されたエリートサラリーマンと、暗い過去を背負う短大生。愛情の究極を描く感動の物語。

不自由な心　白石一文

野島は同僚の女性の結婚話を耳にし動揺を隠せなかった。その女性とは、野島が不倫相手だったからだ……。心のもどかしさを描く珠玉小説集。

すぐそばの彼方　白石一文

代議士の父の秘書として働く柴田龍彦。自らが起こした不始末から不遇な状況にある彼に人生最大の選択が訪れる…。政界を舞台にした長編大作！

角川文庫ベストセラー

小説 ザ・ゼネコン　高杉　良

バブル崩壊前夜、大手ゼネコンへ出向した銀行員が見た建設業界の実態とは。政官との癒着、徹底した談合体質など、日本の暗部に切り込む問題作。

燃ゆるとき　高杉　良

築地魚市場の片隅に興した零細企業は、やがて「マルちゃん」ブランドで知られる大企業へと育つ。社員と共に歩んだ経営者の情熱を描く実名経済小説。

ザ エクセレント カンパニー
新・燃ゆるとき　高杉　良

日本型経営が市場原理主義の本場・米国を制す！「事業は人なり」の経営理念で即席麺の米国市場に進出した日本企業の苦難と成功を描く力作長編。

迷走人事　高杉　良

大手アパレルメーカーに次期社長をめぐる内紛が勃発。創業社長の後継者は誰か。働く女性の視点から、会社組織と業界の問題点を浮き彫りにする。

ネガティブハッピー・チェーンソーエッヂ　滝本竜彦

高校生・山本が出会ったセーラー服の美少女・絵理。彼女が夜な夜な戦うのは、チェーンソーを振り回す不死身の男だった。滝本竜彦デビュー作！

NHKにようこそ！　滝本竜彦

俺が大学を中退したのも、無職なのも、ひきこもりなのも、すべて悪の組織NHKの仕業なのだ！驚愕のノンストップひきこもりアクション小説！

時をかける少女　筒井康隆

時間を超える能力を身につけてしまった思春期の少女が体験する不思議な世界と、あまく切ないときめき。時を超えて読み継がれる永遠の物語。